Hans Richard Schittny

# Unehrlich geboren

# Der
# Henker von Prag

**Roman**

*Bibliografische Information Der Deutschen Bibliothek:*
*Die Deutsche Bibliothek verzeichnet diese Publikation in der Deutschen Nationalbibliografie; detaillierte bibliografische Daten sind im Internet über <http://dnb.ddb.de< abrufbar.*

Herstellung und Verlag:
Books on Demand GmbH, Norderstedt.
Printed in Germany
Dieses Buch wurde im On-Demand-Verfahren hergestellt.
ISBN-978-3-8370-0754-1

\* \* \*

Der Frieden zu Berlin, der zwischen der österreichischen Kaiserin Maria Theresia und dem Preußenkönig Friedrich II. geschlossen worden war, und der den ersten Schlesischen Krieg beendet hatte, schlug in Prag wie eine Bombe ein. Die Franzosen konnten sich ausrechnen, dass die Heere der österreichischen Kaiserin nun frei waren, um gegen das von ihnen besetzte Prag vorzugehen.

Und so kam es auch. Prinz Carl von Lothringen zog mit seinen Batallionen im November 1742 auf Befehl der Kaiserin gegen das von 16.000 Franzosen unter Belleisle besetzte Prag. Schon nach wenigen Tagen schlossen die Österreicher die Stadt ein und bedrängten sie aufs Heftigste. In dieser Lage verloren die Franzosen den Mut zu weiterem Widerstand. Belleisle sah keine Rettung. Nur die Flucht aus der belagerten Stadt konnte das Ärgste für ihn und seine Leute noch verhindern - so meinte er jedenfalls.

In einer bitterkalten, stockdunklen Winternacht gelang es Belleisle in aller Stille mit seiner Besatzung aus der Stadt in Richtung Eger zu entkommen, wo er aber mit stark gelichteten Reihen ankam. Es war eine Katastrophe! Denn sein Weg von Prag nach Eger war gesäumt von vielen seiner toten Söldner, die vor Hunger und Kälte auf der Straße umgekommen waren.

Kaum war der heimliche Abzug der Franzosen im österreichischen Lager ruchbar geworden, so beeilte sich Carl von Lothringen auch schon, Prag in Besitz zu nehmen.

Sein Einzug in die Stadt verbreitete große Freude unter den Bürgern, die nun auf Frieden hoffen konnten. Andererseits verbreitete seine Ankunft aber auch Schrecken und Entsetzen unter einem Teil des hohen Adels und der hohen Geistlichkeit, die in der festen Meinung, Österreich würde den Krieg gegen Preußen verlieren, die Sache ihrer Kaiserin verraten und dem Kurfürsten von Bayern als ihrem neuen König gehuldigt hatten.

Mit der schweren Schuld des Hochverrats beladen waren in dieser Beziehung der Stadthauptmann Graf Paradies, die Grafen Kolowrat und Bubna, die Freiherren Deym und Michna von Weitzenau, der Fürst-Erzbischof Graf Manderscheid und einige Frauen, die besonders für den Usurpator des böhmischen Thrones intrigiert hatten, namentlich die Fürstin Mansfeld und die Gräfin Kinsky. Aber auch Oberkämmerer Fürst Kinsky, der Oberrichter Graf Wrbna und die Mitglieder des akademischen Senates an der Prager Universität und die Magistrate der Altstadt, der Neustadt und der Kleinseite hatten sich an der Verschwörung beteiligt.

Allen diesen Herren und auch den beiden Frauen war trotz der herrschenden strengen Kälte die Luft in der Stadt recht schwül geworden und sie versuchten sich möglichst vor dem kommandierenden Prinzen von Lothringen zu verstecken; denn dieser verstand in Punkto Treue gegen das angestammte österreichische Herrscherhaus keinen Spaß.

Während so der einflußreichste Teil der Bevölkerung Prags in Sorgen und Bangen lebte, durchstreiften kleinere und größere Trupps der kaiserlichen Soldaten die Umgebung Prags und plünderten, wo sie etwas finden konnten. Kein Dorf und kein Haus meilenweit blieb von diesen unliebsamen Gästen verschont; denn sie plünderten wie in Feindesland und ließen es die armen Leute entgelten, was die großen Herren verbrochen hatten.

Nur ein einziges Haus, ein Gehöft mit einer Mauer umschlossen, ganz in der Nähe der Hauptstadt war unbelästigt geblieben. Es schreckte selbst die wildesten Plünderer ab. Dabei sah das Gehöft von Ferne so freundlich, so harmlos, ja so friedlich aus, wie kaum ein anderes in der Nachbarschaft. Doch sein leuchtend rotes Tor, das sich beim Näherkommen aus der verschneiten Landschaft besonders hervorhob, ließ die Plünderer zurückschrecken; denn über dem Tor stand in mächtigen schwarzen Buchstaben "Königliche Scharfrichterei".

Meister Janos Cerny, der Scharfrichter, der dieses hart an der Moldau gelegene Anwesen mit seiner Familie und seinen Knechten bewohnte, wußte gar wohl, dass er sich für sein Leben und Eigentum in diesen schweren Zeiten keines besseren Schutzes erfreuen konnte, als mit der Aufschrift über seinem Torwege. Und sollte diese für irgend jemanden nicht verständlich genug sein, so brauchte der Scharfrichter sich nur in seiner Amtstracht zu zeigen. Nur einmal hatte er dies bisher nötig gehabt, als sich nämlich eines Tages eine Schar dieser Krieger der allerchristlichsten Kaiserin den Eingang erzwingen wollte. Da war er herausgetreten, gehüllt in den weiten roten Mantel, das rote Barett mit der gleichfarbigen Feder auf dem Haupte und das lange und breite Richtschwert unter dem Arm. Ohne dass er hätte etwas sagen müssen, rissen die ungebetenen Gäste aus, als hätten sie den leibhaftigen Satan auf sich zukommen gesehen. Nicht die riesenhafte Gestalt des Scharfrichters, nicht sein wallender Vollbart, nicht der rote Mantel und nicht das Richtschwert riefen diese panische Angst hervor, sondern der Glaube, ja das tiefsitzende Vorurteil, dass jeder als entehrt und ehrlos gilt, der vom Henker berührt würde oder wer dessen Schwelle überschreitet.

\* \* \*

Als eines kalten Winterabends ein eisiger Wind über das Land fegte, der alles erstarren ließ und schaurig im Kamin heulte, saß der Scharfrichter Janos Cerny mit seiner Frau Zdenka in der Stube am warmen grüngekachelten Ofen. Sie waren immer einsam; denn durch ihren unehrlichen Beruf waren sie Ausgestoßene aus der Gesellschaft. So lag auch ihre Wohnstatt außerhalb der Stadtmauern. Sie mußte dort liegen; denn das Gesetz verlangte es so. Mit niemandem konnten sie Freundschaft halten außer mit den wenigen anderen ehrlosen Menschen, die wie sie einen solchen Beruf ausübten. Dies waren vor allem die Abdecke und Totengräber. Unter diesen Ausgestoßenen waren nur wenige, die bei ihrer gesetzlich verordneten Ehrlosigkeit gute und angenehme Menschen waren. Das Ausgestoßensein aus der Gemeinschaft der ehrlichen Bürger, ja das Ausgestoßensein sogar aus der Kirche, hatte vielen Ehrlosen ihren Stolz und ihre Selbstachtung geraubt. Sie glaubten, wenn Gott ihnen dieses Schicksal zugeteilt habe, brauchten sie auf Erden keine Anstrengungen zu

machen, den ehrlichen Bürgern in Tugenden nach-
zueifern.

Obwohl ihre Familien schon seit vielen Generationen dem ehrlosen Handwerk nachgingen und
sie sich eigentlich schon an dieses Leben gewöhnt
hatten, empfanden Janos Cerny und seine Frau
Zdenka ihr Schicksal doch zunehmend als bitter
und ungerecht, denn die Zeiten begannen sich ge-
ändern. Man glaubte nicht mehr so recht an die
Unterschiedlichkeit der menschlichen Würde. Re-
formation und Bauernbefreiung waren untrügliche
Zeichen für ein im Wandel befindliches Denken. - -
"Ich hörte heute von unserem Feldmeister," begann Janos zu Zdenka, "dass die Unehrlichkeit in
Preußen abgeschaft sein soll. Schon seit einigen
Jahren meinte er. Doch wir sind ja nicht in Preußen. Wir hier in Böhmen werden die Unehrlichkeit
unseres Berufes wohl bis an unser Lebensende ertragen müssen, auch wenn sich da ein Wandel an-
zubahnen scheint. Ich glaube nicht, dass die Kaiserin in Wien dem preußischen Beispiel folgen wird
schon deshalb nicht, weil der Preußenkönig ihr
Feind ist." - Und nach einer Weile fuhr er fort:
"Es gibt für uns weiterhin nur eins. Wir müssen
unsere kleine Welt hier auf dem Hof in Ordnung
halten, damit wir zufrieden leben können. - Und da
habe ich jetzt keine Sorge mehr. Ich denke, hier
wird alles so weiterlaufen wie bisher. Denn ich
finde, der Sohn unseres kürzlich so plötzlich verstorbenen Feldmeisters, der junge Jan Zitny und
auch seine Frau Katharina sind angenehme Leute

und passen sich gut an. Beim Totengräber, wo er bisher gearbeitet hat, ist Jan streng gehalten worden und hat viel gelernt. Der junge Mann ist immer freundlich. Er hält auf Ordnung, läßt die Weiber in Ruhe und macht seine Arbeit gut. Vor allem aber ist er und auch Katharina stets sauber und adrett gekleidet, wenn sie nicht gerade ihre schmutzige Arbeit machen. Das Abdecken und Kadaverbeseitigen, was des Feldmeisters vornehmliche Aufgabe ist, sind ja wirklich schlimme Verrichtungen. Ich möchte das nicht machen müssen."

Janos schaute nachdenklich ins Feuer und beobachtete die Flammen, die jetzt - angefacht durch den Wind - hoch schlugen. Dann fuhr er fort:

"Aber die Arbeit des Abdeckers ist für unseren Betrieb eine der besten Einnahmequellen. Vor allem das Leder und die Felle sind gut zu verkaufen ganz abgesehen vom Unschlitt, vom Talg, den man zum Herstellen von Kerzen jederzeit braucht. Das Henken und Enthaupten bringt bei weitem nicht so viel ein. Schließlich wird ja nicht jeden Tag jemand hingerichtet. Es ist schon gut, dass hier in der Hauptstadt Prag der Feldmeister nicht selbstständig sein Handwerk betreibt, sondern zu meinen Knechten gehört. In kleinen Orten, wo es keinen Scharfrichter gibt, schafft er auf eigene Rechnung."

- - -

Nach einer Weile, während der man nur das Knacken des Holzes im Kamin und das Heulen des Windes hörte, sagte Zdenka nachdenklich:

"Ja, - du hast recht Janos. Der junge Jan ist in

Ordnung. - Nun die Familien Cerny und Zitny kennen sich ja auch schon seit vielen Generationen. Immer haben sie hier eng zusammengearbeitet, ob sie nun wollten oder nicht; denn nirgendwo mehr als in den Familien der Unehrlichen werden die Berufe so sicher vom Vater auf den Sohn vererbt. Es darf ja kein ehrlicher Handwerker unsere Kinder in die Lehre nehmen. Niemand aus unseren Familien kann etwas anderes werden, als der Vater es war. Wir sind gefesselt an unseren unehrlichen Stand. Das hat über die lange Zeit zwischen uns und den Zitnys freundschaftliche Bande entstehen lassen. Und so wie die jungen Zitnys arbeiten und leben wird das wohl auch in Zukunft sein." - - -

"Ich bin so froh und ich sehe immer mehr ein, dass es richtig war, dass wir unseren Ottokar fortgegeben haben zu meinen Verwandten nach Leipzig. In der großen Stadt weit weg von hier kennt niemand den Ottokar. Er kann dort ein neues, ehrliches Leben beginnen. - Anderseits betrübt es mich als seine Mutter sehr, dass ich ihn wohl nie wiedersehen werde. Er hat sich ja von uns losgesagt, seinen Namen geändert und die Spuren seiner unehrlichen Abkunft verwischt. Das war unbedingt notwendig. Das verstehe ich. Aber für mich ist er dadurch tot. Und das macht mich doch oft sehr traurig.

Wenn wenigstens unser Ältester, der Karl, nicht nach Amerika gegangen wäre, um der Unehrlichkeit zu entfliehen! Ich weiß heute noch nicht, wer ihm damals das Auswandern so schmackhaft gemacht hat. Er hat wohl von den vielen jungen Leuten gehört, die hier kein Auskommen finden und ihr Glück in der neuen Welt suchen. Manche mögen ihr Glück dort ja wohl finden. Unser Karl aber treckte mit irgrendwelchen zwielichtigen Gestalten in den Westen. Dort will er Gold finden und reich werden. Aber das Leben dort muß entsetzlich sein. Du weißt ja, was er in seinen seltenen Briefen schreibt: von Hunger und Durst, von Mord und Todschlag und von der schweren Arbeit. - - - So wird es hier auf dem Scharfrichterhof keinen Nachfolger aus unserer Familie mehr geben. Unsere drei Töchter dürfen deine Arbeit ja nicht machen. Janos, du wirst der letzte Cerny auf dem Scharfrichterhof zu Prag sein. Und das ist..."

In diesem Augenblick erdröhnte das Tor draußen unter heftigen Schlägen. Die beiden Hunde auf dem Hof schlugen an und bellten für einige Augenblicke wütend. Janos sprang auf und stand horchend an einem der kleinen Fenster, die jetzt bei dieser Kälte durch Eisblumen blind waren. Aber nichts regte sich. Nur der Wind fuhr pfeifend an den gefrorenen Scheiben entlang. Dann plötzlich bellten die Hunde wieder.

"Vielleicht wieder einige Nachzügler der Armee, die sich hier verirrt haben!"

Meinte der Scharfrichter nach einer Weile.

"Sie werden erkannt haben wohin sie hier geraten sind und abgezogen sein."

Kaum hatte er dies jedoch gesagt, erscholl das Klopfen und Schlagen gegen das Tor noch heftiger.

"Da muß ich nachsehen!" sagte Janos.

Er trat auf den Hof hinaus, wo er schon seine von dem wilden Klopfen aufgescheuchten Knechte fand und rief laut gegen den eisigen Wind:
"Wer ist da?"
"Im Namen des Gesetzes!" war die Antwort von draußen. Da erkannte der Scharfrichter, dass jemand ihm einen Befehl überbringen wollte - jedoch so spät, ja schon fast in der Nacht?! Das war außergewöhnlich. Als die Knechte das knarrende Tor öffneten, das der Wind sofort erfaßte und mit Gewalt aufschlug, fuhr ein verschlossener Wagen in den Hof, dessen Rosse ein schwarz vermummter Kutscher lenkte. Von seinem Gesicht war nichts zu sehen, denn er trug auch eine schwarze Maske. In gleicher Weise war der Mann verhüllt, der hinter dem Wagen hereinkam und dem erstaunten Scharfrichter mit den Worten:
"Sogleich zu vollziehen!" ein gesiegeltes Blatt überreichte.

Janos brauchte den Inhalt gar nicht erst zu lesen, da er schon am Äußeren erkannte, was man von ihm begehrte. Gleichwohl trat er in die Stube, um beim Licht der Kerze das Schreiben anzusehen. Vielleicht war doch etwas Besonderes dran, denn so spät in der Nacht und in so sonderbarer Art war ihm noch nie ein Befehl zugestellt worden. Allein das Blatt gab ihm keinen Aufschluß. Es enthielt nur in wohlbekannter Form die Weisung, sich zu einer Gerichtssitzung und zur eventuellen Vollstreckun eines Urteils sofort bereit zu machen. Da galt kein Aufschub. Hier war der Scharfrichter das willenlose, blinde Werkzeug des Gerichtes. Im rasch übergeworfenen Mantel verbarg er das Richtschwert. Stumm nahte sich draußen der vermummte Bote, deutete auf den geöffneten Wagen und stieg mit dem Freimann, wie der Scharfrichter auch genannt wurde, ein. Kaum schloß sich die Tür des Wagens, als der Kutscher auch schon die Pferde antrieb, die in stürmischer Fahrt davonbrausten. -

"Sonderbar, höchst sonderbar" murmelte Jan Zitny, als er hinter der Kutsche das Tor des Scharfrichterhofes schloß.

"Der Prinz von Lothringen muß große Eile haben, mit den Köpfen der Herren fertig zu werden. - Konnte's mir denken, dass es schief gehen wird, als sie mit dem Bayern so schön taten. Aber was geht's mich an. Es ist nicht mein Kopf, der da rollen wird."

Ganz ähnliche Gedanken machte sich Meister Janos im Wagen, der offenbar in Richtung Stadt fuhr. Alles, was hier vorging, war so außergewöhnlich und sonderbar, dass der Scharfrichter wohl zu Recht vermutete, man wolle die Hauptteilnehmer am Hochverrat auf die rascheste und die am wenigsten auffällige Weise unschädlich machen. Während er hierüber nachdachte, erwog er bei sich die Wandelbarkeit des menschlichen Lebens und empfand einige Befriedigung darüber, das er in seiner verachteten und abgeschiedenen Lage den Wechselfällen des Glücks wenig oder gar nicht ausge-

setzt sei. Indes brachten die politischen Zeitver-
hältnisse und Strömungen gar manchen, der auf
dem Höhepunkt seiner Macht gestanden hatte, zu
Fall und wohl sogar unter die Schneide seines
Schwertes.

Unterdessen rollte der Wagen in raschem Lauf
und fast ohne Geräusch über die schneebedeckte
Fläche dahin. Seine beiden ihm gegenüber sitzenden Begleiter hatten bisher kein Wort gesprochen,
und Janos seinerseits wagte es nicht, eine Frage an
sie zu richten. Dann plötzlich hielt der Wagen an, ohne dass ein
Haus in der Nähe zu erblicken gewesen wäre. Einer
der Vermummten zog ein schwarzes Tuch aus der
Tasche, legte es dem Scharfrichter über die Augen
und gebot ihm mit barscher Stimme, sich ruhig zu
verhalten, wenn nicht, müsse er damit rechnen, au-
genblicklich getötet zu werden. Sonst aber hätte er
nicht das Geringste zu befürchten. Die Vermummten banden die schwarze Binde so fest über seine
Augen, dass er absolut nichts sehen konnte.

Der Wagen setzte sich wieder in Bewegung.
Langsam drang die Kälte ins Innere des Wagens,
und obwohl Meister Janos sich fest in seinen Mantel hüllte, begannen seine Füße langsam zu erstarren. - Da endlich, es mag eine Stunde oder mehr
vergangen sein, erkannte er aus dem Rollen des
Wagens, dass dieser auf festem Pflaster und zwischen Häusern dahinfahre. Die Fahrt hatte unge-
mein lange gedauert. Eigentlich hätte man längst
in der Stadt Prag sein müssen. Oder fuhren die

Vermummten ihn in eine andere Stadt oder auf ein Schloß oder eine Burg auf dem Lande, wo die Österreicher Quartier bezogen hatten? Endlich glaubte der Scharfrichter aus dem hohlen Gepolter den Schluß ziehen zu müssen, dass der Wagen über eine Brücke fahre. Und wenige Minuten später rollten sie in eine Halle, wo der Wagen hielt.

Der eine der Begleiter stieg jetzt aus, half dann dem Scharfrichter, da dieser nicht das Geringste sehen konnte, ergriff seine Hand und führte ihn durch einen langen Gang in ein weites, mit Steinen gepflastertes Gewölbe, wo er ihm die Binde von den Augen nahm.

Der Anblick, der sich dem Scharfrichter in diesem düsteren Raume bot, machte selbst auf ihn, der schon so manches Schauerliche erlebt und durchgemacht hatte, einen grausigen Eindruck. Als sich nämlich seine Augen an das schwache Licht gewöhnt hatten, sah er, dass das Gewölbe, in dem er sich befand, gar keine Fenster hatte und durch ein starkes hölzernes Gitter in zwei Hälften geteilt war. In der einen befand sich ein roher hölzerner Tisch mit einer Anzahl einfacher Stühle, die im Halbkreis angeordnet waren. Dem gegenüber stand eine Bank offensichtlich für den Angeklagten. Beleuchtet war der Raum mit einer dreifachen Öllampe, die vom Gewölbe herabhing. Durch das Gitter konnte der Scharfrichter in der anderen Hälfte des Gewölbes die grauenerregenden Foltergeräte sehen, die er auf Befehl des Richter einzusetzen hatte, wenn der Deliquent nicht gestehen wollte. Da waren Daumenschrauben, die spanischen Stiefel, die Streckleiter und vieles mehr, was dem Scharfrichter nur all zu gut bekannt war. Inmitten dieser gräßlichen Geräte war ein hölzerner Lehnstuhl und neben diesem hing über einem glühenden Kohlebecken ein eiserner Kessel an einer eisernen Kette, aus dem ein Gebrodel herübertönte, wie von einer kochenden Flüssigkeit. Man hatte diese schrecklichen Geräte offensichtlich aus Prag hierher gebracht.

Im Gegensatz zum Richten mit dem Schwert, das den armen Sünder ohne viel Qualen in Jenseits befördert, war Janos die Arbeit des Folterns, wenn er sie denn verrichten mußte, immer besonders zuwider gewesen; denn, wenn er die Qualen der Deliquenten bei der Tortur in den vielen Jahre auch schon oft miterlebt hatte, litt er doch jedesmal von neuem mit diesen armen Sündern. Dass es sich hier um dieses Geschäft handelte, wurde dem Scharfrichter sofort klar, als er die beiden ebenfalls vermummten starken Männer erblickte, die mit entblößten Armen neben einer brennenden Facke an der Wand lehnten. Sie waren, wie das so üblich war, dazu berufen, bei der Tortur als Gehilfen des Scharfrichters mitzuwirken.

Im Übrigen sagte dem Scharfrichter seine Erfahrung, dass es sich hier um ein ordentliches Gericht handeln müsse und nicht um eine Geheimjustiz, worauf die Heimlichkeiten wie zum Beispiel die Vermummungen hätten hinweisen können. Die Folterwerkzeuge sagten ihm zudem, dass man es mit einem großen Hochverratsprozeß zu tun hatte, während dem die peinliche Frage gestellt werden würde. Auch hochgestellte Personen verfielen im Falle des Hochverrats - aber nur in diesem Falle - der peinlichen Frage, die, um ein volles Geständnis zu erzwingen, mit der Folter verbunden war. Bei diesem für die Machthaber schwersten Verbrechen konnte nicht aufgrund von Indizien gerichtet werden. Es mußte ein umfassendes Geständnis her, bei dem vor allen Dingen die Namen der Mitschuldigen öffentlich wurden, um auch diese zum Schutze des Staates vor das Gericht zerren zu können.

Nach einigem Warten währenddessen der Scharfrichter seinen Gedanken über das gefährliche Leben in diesem Krieg nachhing, sprang die schwere, eisenbeschlagene Tür auf, und herein traten fünf Männer in langen, schwarzen Gewändern, die in zahlreichen Falten ihre Körper umhüllten. Ihre Häupter waren mit schwarzen Kappen bedeckt und ihre Gesichter mit schwarzen Masken unkenntlich gemacht. Hinter diesen führten zwei vermummte Gestalten einen Mann herein, der nur leicht bekleidet war. Sein schlanker aber kräftiger Körperbau ließ vermuten, dass er noch jung an Jahren war. Das Gesicht des Deliquenten war verhüllt und seine Hände waren mit Stricken auf den Rücken gebunden. Offenbar konnte er sich vor Schwäche kaum aufrecht halten. So wurde er von seinen Begleitern mehr getragen als geführt. Diese setzten ihn auf die Bank an der Wand und blieben neben ihm stehen, während die fünf vermummten

Männer in ihren schwarzen Roben auf den Stühlen um den Tisch Platz nahmen. Einer von ihnen stellte ein Tintenfaß vor sich hin, legte Papier auf den Tisch und zog eine Feder hervor. Jetzt begann der, der am Tische in der Mitte saß, mit tiefer und fester Stimme:

"Angeklagter steh auf."

Die beiden vermummten Männer an seiner Seite rissen ihn hoch und während sie ihn stützen mußten, sagte der Richter zu den Schergen:

"Nehmt ihm die Fesseln ab."

Dann wandte er sich dem Deliquenten zu:

"Du bist des Hochverrats angeklagt, weil du dich von deiner Kaiserin abgewandt und den Bayern angeschlossen hast und weil du den in Prag eingeschlossenen Franzosen heimlich überbracht hast, dass die österreichische Armee nach dem Frieden mit dem Preußenkönig auf Prag marschiert. Und du hast mit anderen Hochverrätern den Franzosen auch Mitteilung gemacht, wo unser Belagerungsring um die Stadt am schwächsten war, so dass die Franzosen in der Nacht unbemerkt bei Liben über die dort schon zugefrorene Moldau die Stadt verlassen und uns entkommen konnten."

Dieser Übergang über die Moldau war nicht sehr weit entfernt von der Scharfrichterei und Janos wurde, als er dies hörte, plötzlich klar, was die seltsamen Geräusche damals in der fraglichen Nacht zu bedeuten gehabt hatten, die er sich nicht hatte erklären können.

Nach einigem Blättern in seinen Papieren sagte

der Gerichtvorsitzende dann:

"Du stehst hier vor einem ordentlichen Gericht. Das Gesetz aber ist ebenso gerecht wie streng, und es verurteilt Niemanden auf bloße, wenn auch noch so glaubhafte Anklage hin. Dein eigenes Geständnis muß dich verurteilen oder lossprechen. Ich frage dich daher: Bekennst du dich schuldig oder unschuldig?"

"Ich bin unschuldig!" erwiderte der Angeklagte mit ziemlich fester Stimme und erhob das Haupt.

"Ich bin unschuldig!" wiederholte er mit all seiner Kraft, "obgleich der Schein gegen mich spricht".

"Du beharrst also auf deinem Leugnen?" unterbrach ihn der Mann des Gesetzes.

"Bedenke zum letzten Mal, was du tust. Gestehst du nicht im Guten, so muß ich dich schärfer fragen und du verschlimmerst dein Los."

Dabei deutete er mit der Rechten auf die Folterwerkzeuge hinter dem Holzgitter, die in der düsteren Beleuchtung grauenvoll anzusehen waren. Der Gefangene folgte mit seinen Blicken der Richtung der Hand und erbebte in jähem Schrecken. Er zitterte am ganzen Körper und Janos fürchtete, dass er zusammenbrechen könnte. Der Deliquent murmelte einige unverständliche Worte, während der Richter in strengem Ton fragte:

"Willst du jetzt gestehen?"

Es verflossen einige Augenblicke, während derer der Unglückliche offenbar mit sich selbst kämpfte. Endlich hatte er einen Entschluß gefaßt. Sich aufrichtend und das Haupt wieder erhebend, sprach er mit fester Stimme:

"Gelte es nur mir, so würde ich bekennen, was ihr nur immer wollt; denn ich weiß, dass mir nichts hilft und mich nichts vom Tode rettet. Aber meine Freunde, deren Namen ihr auch wissen wollt, kann ich nicht verraten."

Die mutige Haltung und der feste Ton der Stimme, mit dem der Angeklagte das sprach und die Entschlossenheit, die er zeigte, schienen einen tiefen Eindruck auf den Mann zur Rechten des Richters zu machen. Er wandte sich an diesen und flüsterte ihm leise einige Worte zu. Dieser aber zuckte nur mit den Schultern, entgegnete ihm ebenso leise etwas und wandte sich dann wieder dem Deliquenten zu, indem er triumphierend sagte:

"Du gestehst also deinen eigenen Hochverrat! Aber das genügt mir nicht, wie du selbst sagst. Es waren mehrere, es war eine Verschwörung. Ich muß die Mittäter wissen und sie wie dich der gerechten Strafe überliefern."

Und nach einer Weile:

"Ich habe meine Pflicht getan und dich gewarnt. Jetzt werde ich dich anders fragen." Er wandte sich an den Scharfrichter und setzte hinzu:

"Tretet an euren Platz und wartet auf meine Befehle!"

Janos Cerny verschwand hinter dem Gitter, wo seine Folterwerkzeuge standen. Er legte den roten Mantel ab, dazu das Barett und auch das Schwert und krempelte die Ärmel seines Hemdes hoch.

"Legt ihm die Daumenschrauben an," sagte nun der Richter.

"Das soll ein kleiner Vorgeschmack sein für das, was nachher kommt, wenn du nicht gestehst."

Die beiden vermummten Männer packten den Angeklagten und schleppten ihn hinter das Gitter. Einer von ihnen schlang die Arme von hinten um ihn und drückte ihn auf einen Stuhl, während der andere die beiden Hände faßte und die Daumen aufrichtete. Janos aber schob eine Platte zwischen die beiden Daumen und Zeigefinger, legte die andere darüber, befestigte die Schrauben und drehte diese einige Male zu, so dass die Spitzen oben und unten stark in die Daumen drückten.

Der Unglückliche knirschte vor Schmerz mit den Zähnen, seine Lippen wurden totenblass und Schweiß trat auf seine Stirn. Aber er sprach kein Wort.

"Fester ziehen" tönte es vom Richter herüber.

Janos machte noch eine zweite, dritte und vierte Umdrehung. Der Gefolterte schrie und heulte jetzt vor Schmerz und bat, man möge ihn doch gleich töten.

"Bekenne," scholl es von jenseits des Gitters herüber.

"Ich will alles bekennen, was ihr nur wollt" jammerte jetzt der Unglückliche.

"Bist du schuldig?" fragte nun wieder der Richter,

"nein - ja - nein --- Ach, mein Gott, was soll ich sagen?""

Der Scharfrichter sah, während er diesem die Daumenschrauben langsam aber stetig fester anzog, in das Gesicht des Deliquenten. Janos Cerny tat das immer, wenn er foltern mußte; denn auf diese Weise glaubte er das Maß der Anwendungen so dosieren zu können, dass der Gefolterte nicht in eine Ohnmacht fiel oder verstarb. Denn das war die Aufgabe des Scharfrichters: Der Gefolterte mußte streng hergenommen werden, aber er durfte dabei nicht sterben. Schließlich sollte mit der Folter ja die Wahrheit ans Licht gebracht werden. Von einem Toten aber konnte man nichts mehr erfahren. So mußte der Scharfrichter klug zu Werke gehen.

Nochmals fragte der Richter:

"Bist du schuldig?"

"Ja, ich bin schuldig! Ich allein. O Gott! O Gott!"

Die Feder des Schreibers flog kratzend über das Papier. Der Mann rechts am Tische machte eine heftige Bewegung und der in der Mitte gab ein Zeichen zum Einstellen der Tortur.

Der Deliquent wurde nun wieder dem Richter zugeführt, der weiter mit aller Schärfe in den armen Teufel drang, um von ihm die Namen seiner Mitverschworenen zu erfahren.

Nun schwieg der Angeklagte so beharrlich, dass es nichts half. Janos Cerny mußte ihm auf Befehl des Richters die spanischen Stiefel anlegen, ja sogar das fürchterliche Streckbett, mittels dem man dem Deliquenten die Gelenke von Armen und Beinen aus den Pfannen riß, half nichts. Der Angeklagte brach immer wieder zusammen, aber er schwieg und schwieg.

"Für heute Nacht müssen wir abbrechen," sagte der Richter plötzlich. "Morgen, wenn sich der Angeklagte erholt hat, geht es weiter. Bringt ihn weg."

Der Scharfrichter kehrte im Morgengrauen auf seinen Hof zurück. Der Rückweg war wieder so abgelaufen, wie der Hinweg in der eisigen Nacht. Die Augen waren ihm wieder mit einer schwarzen Binde verbunden worden. Diesmal aber war er auf dem langen Weg eingeschlafen. War es doch eine anstrengende Nacht für ihn gewesen.

Am nächsten Abend nach Einbruch der Dunkelheit holten die vermummten Männer den Scharfrichter wieder ab. Der Prozeß ging weiter. Der Deliquent, der von der Tortur der letzten Nacht sichtlich geschwächt war, gestand jetzt sofort und nannte auch einige Namen der Verschwörer. Durch die Folter war seine Widerstandskraft gebrochen.

"Ich weiß, dass ich den Tod werde erleiden müssen. Aber die Folter, ja die Folter - und er brach in Tränen aus - die kann ich nicht mehr ertragen. Ich werde die Namen nennen, die ich weiß."

Und so begann er zögernd und mit schwacher, zitternder Stimme:

"Da waren die Grafen Paradies, Kolowrat und Bubna. Sogar der Fürst-Erzbischof Graf Manderscheid hatte sich dem Kurfürsten von Bayern angeschlossen. Wenn der Erzbischof das tat, warum sollte ich dann nicht auch für den Bayern sein. -

Euer Ehren, sie nennen das Hochverrat, aber wen habe ich denn verraten? Ich hebe nur den Franzosen ....”

Hier schlug der Richter mit seinem Hammer auf den Tisch und unterbrach ihn:

“Angeklagter du sollst Namen nennen und sonst nichts erklären - also, wer war noch dabei?”

“Einige Frauen hatten sich auf die Seite des Usurpators geschlagen. Das waren die Fürstin Mansfeld und die Gräfin Kinsky. Und dann waren da noch viele, deren Namen ich nicht kenne. Ich weiß nur, dass die Mitglieder des Senates der Prager Universität dabei waren - - und - und die Magistrate der Altstadt und auch die der Neustadt und der Kleinseite waren bei den Verschwörung dabei.”

- - -

“War das alles?” fragte der Richter.

“Euer Ehren, bei meiner Seligkeit, ich weiß nicht mehr.”

“Nun, das ist ja wenigstens etwas,” sagte der Richter.

“Die anderen bekommen wir auch noch heraus.”

Nach kurzer Verhandlung, zu der sich das Gericht hinter die eisenbeschlagene Tür zurückgezogen hatte, sprach der Richter das Todesurteil wegen Hochverrats mit dem Vermerk, dass es nach Kriegsrecht sofort zu vollstrecken sei.

Die zwei Knechte des Scharfrichters packten den Verurteilten, banden ihm die Hände auf den Rükken und schleppten den um sein Leben flehenden zum Richtblock. Nachdem sie ihm eine schwarze

Kaputze über den Kopf gezogen hatten, hielten sie ihn auf dem Richtblock fest und blitzschnell war der Scharfrichter zur Stelle. Das Richtschwert fiel und der Kopf rollte über den Boden.

Janos Cerny hatte es diesmal leicht; denn der Deliquent hatte keinen so kurzen Hals, wie letztlich ein Doppelmörder, den er erst mit dem zweiten Streich in den Tod befördern konnte.

\* \* \*

In einer der eiskalten Nächte dieses ganz besonders strengen Winters saßen der Feldmeister Jan Zitny und seine Frau Katharina beim Schein einer Unschlittkerze in ihrer kleinen Wohnung auf dem Scharfrichterhof beisammen. Es war schon kurz vor Mitternacht. Das Heulen des Sturmes, der Fenster und Türen erzittern ließ, vor allem aber der plötzliche Tod des alten Feldmeisters, hatten Jan und Katharina noch nicht zur Nachtruhe gehen lassen. Jan dachte an seinen Vater, den sie heute beerdigt hatten. Sein Grab hatte er weit abgelegen von den Gräbern der ehrlichen Bürger an der Friedhofsmauer gefunden, dort wo auch die hingerichteten Verbrecher ihre letzte Ruhestätte hatten.

Im blassen Schein des Feuers und der Kerze schauten Jan und Katharina auf ihren kleinen Sohn, der in seiner Wiege neben ihnen süß schlummerte. Der herzige Junge war beider großes Glück. Er war ihre ganze Erdenfreude.

So oft er konnte, wiegte der junge Vater seinen kleinen Wenzel auf den Knien und herzte ihn. Seine Gedanken konnten aber nie so recht zur vollkommenen Freude gelangen; denn wenn er so in das Gesicht seines Sohnes sah, kam ihm immer der schlimme Gedanke an die Zukunft dieses lieben Kindes in den Sinn. Jan wußte nur zu gut, dass dieses Kind dasselbe Schicksal haben würde wie er und seine Vorväter. Sie waren alle Feldmeister gewesen, mußten alle diesem unehrlichen Beruf nachgehen, dem schmutzigen Beruf des Abdeckers der sie aus der normalen Gesellschaft ausschloß. Als die Unschlittkerze gerade erlosch und nur noch der Schein des schwachen Feuers die Stube matt erleuchtete, unterbrach Jan das lange Schweigen:

"Kathi, heute war's doch wieder schlimm. Wir mußten den Vater dort beerdigen, wo auch die Verbrecher ihr Grab finden. Der Pfarrer war nicht gekommen, um ein Gebet zu sprechen und nur der Scharfrichter und seine Knechte gaben ihm die letzte Ehre. Ja, die Ehre, die der Vater und wir vor dem Gesetz gar nicht haben. Von Ferne gafften einige Leute und wunderten sich über die seltsame Beerdigung ohne Pfarrer." - - -

Und dann fuhr Jan fort.

"Ich hab dir das noch gar nicht erzählt, Kathi. Als ich letzten Sonnabend nach der Arbeit im "Wirtshaus am Roßtor" noch ein Bier trinken wollte, haben die Gäste versucht, mir den Eintritt zu verwehren. Das ist mir bisher noch nicht passiert. Ich gehe ja sonst auch nur in den "Schwarzen Adler". Dort akzeptiert man mich, wenn ich auch nicht mit den anderen Gästen am selben Tisch sitzen darf, sondern an einem kleinen ganz in der Ecke. Nun dachte ich, ich wäre im "Wirtshaus am Roßtor" unbekannt. Aber als ich eintrat, erkannte mich sofort einer der Gäste - so ein bärtiger Alter. Der rief durch den ganzen Raum: "Abdecker, was willst du hier? Für dich ist hier kein Platz. - scher' dich weg." "Doch da kam auch schon der Wirt angerannt. Er wollte wohl keinen Ärger mit mir haben. Vielleicht dachte er, ich könnte aufmüpfig werden. Nun, wie auch immer. Er stellte mir an den Eingang einen dreibeinigen Schemel und sagte," "hier kannst du bleiben." "Dann brachte er mir mein Bier in einem Bierseidel ohne Deckel. So ein kaputtes Glas würde der Wirt sonst niemandem anbieten. Der bärtige Alte beruhigte sich daraufhin und die übrigen Gäste ließen den Wirt gewähren und mich an der Tür sitzen.

Kathi, wo immer unsereiner hinkommt, wird er verachtet und lächerlich gemacht. Heute mußten wir erst wieder erfahren, dass uns sogar die Kirche verschlossen ist. Der Pfarrer verweigerte uns das kirchliche Begräbnis für meinen Vater. Man verweigert uns auch die Sakramente, die kirchliche Hochzeit und wir können uns legal nicht einmal Trost aus dem Worte Gottes holen, es sei denn, wir schleichen uns heimlich in die Messe, um die Predigt zu hören und bleiben hinten an der Tür stehen, wo wir, wenn's arg kommt, schnell wieder verschwinden können.

Wenn hier in Prag ein Pfarrer das Kind eines Unehrlichen aus der Taufe heben würde, würde er Gefahr laufen, fünf Tage im Turm bei Wasser und Brot eingesperrt zu werden. Wir können dankbar sein, dass der Pfarrer unseren Wenzel heimlich getauft hat. Aber ins Taufbuch hat er ihn nicht eingetragen. Das war ihm denn doch zu gefährlich. Selbst das Hinzuziehen eines Arztes bei Krankheit ist für uns Unehrliche nicht möglich. Der Arzt würde selbst der Unehrlichkeit verfallen und würde nicht weiter Arzt sein können. Uns hilft nur das alte Kräuterbuch meines Großvaters. - - - Zwei Kinder sind uns gestorben. Wenn wir einen Arzt hätten holen können, wären sie vielleicht noch am Leben.

Aber Kathi, es gibt einen Ausweg - ja, es gibt einen Ausweg. Wir müssen uns nur selbst helfen. Ich habe gehört, dass im Preußischen die Unehrlichkeit abgeschafft worden ist - ich glaube, das ist schon vor Jahren geschehen. Dort sollte Wenzel hingehen, wenn er groß ist. Hier in Prag sind sie in solchen Dingen besonders streng und unerbittlich, ja rückständig. Das liegt wohl an Ihrer katholischen Majestät in Wien. Die wird die Ungleichheit nicht so schnell abschaffen." ereiferte sich Jan.

"Deshalb, unser Wenzel muß es ebenso machen wie Ottokar. Er muß sich aus eigener Kraft aus der Unehrlichkeit befreien. Kathi, wir wollen sparen, wo es nur geht, und das Geld dann Wenzel geben, wenn er herangewachsen ist. So hat es auch der Scharfrichter gemacht. Er verdient trotz seines unehrlichen Berufes ja gut. Und so gab er Ottokar damals, als er sechzehn Jahre alt geworden war, viel

Geld, damit er unerkannt unter neuem Namen in Leipzig studieren konnte. Wir müssen das auch so machen."

"Ja, Jan!" erwiderte Kathi.

"Wir werden sparen. Das ist klar. Aber ich hoffe nur zu Gott, dass unser Wenzel nicht den gleichen Weg geht wie Ottokar. Du weißt doch, was aus ihm geworden ist. Ein Betrüger, vielleicht sogar ein Mörder. So wird jedenfalls gemunkelt. Ich traf Zdenka vorgestern weinend auf dem Hof. Und als ich sie fragte, welches Leid sie hätte, sagte sie nur: "Jetzt sitzt Ottokar im Gefängnis.""

"Ja, das ist wohl so." sagte Jan.

"Janos und Zdenka machen immer nur Andeutungen. Ich kann das verstehen. Sie haben so viel für Ottokar getan und er hat es ihnen nicht gedankt - im Gegenteil."

"Es wird an uns liegen, was aus unserem Jungen wird," erwiderte Kathi.

"Wir müssen einen guten Menschen aus ihm machen. Wenn er sieht, wie wir leben, dass wir fromm und gottesfürchtig sind, dass wir es nicht so machen wie die meisten Unehrlichen, dann bin ich nicht besorgt. Du und ich haben von unseren Eltern viel Gutes übernehmen können und deshalb sind wir so, wie wir sind. Glaubst du auch, dass das so ist?"

"Ja, du hast natürlich recht, Kathi. Es kommt aufs Vorleben an, wenn Kinder gut werden sollen. Das ist bei den Cernys vielleicht nicht so gut gewesen. Ich weiß es nicht so genau. Es geht mich auch

nichts an. Ich komme gut mit Janos und Zdenka
aus und du doch auch und das alleine zählt. Ihren
Ottokar haben sie sicher zu sehr verwöhnt. Da war
einfach zu viel Geld da für das Kind, das sie unbedingt aus der Unehrlichkeit befreien wollten.
Wahrscheinlich ist Ottokar aber auch in Leipzig in
schlechte Gesellschaft geraten. Doch das alles ist
nicht unsere Sache. Mit Janos komme ich gut aus
und das ist nun einmal wichtig. Für uns gilt, dass
wir alles tun werden, damit unser Wenzel eine bessere Zukunft hat."

Am nächsten Morgen hatte der Sturm nachgelas-
sen. Jan Zitny hatte heute eine Aufgabe zu erfüllen,
die seine ganze Autorität erforderte. Eine Zigeu-
nersippe hatte sich schon vor Tagen - vielleicht
wegen der Unbill des Wetters - innerhalb der Mauern von Prag niedergelassen. Sie waren mit drei
Planwagen gekommen, hatten Feuer gemacht und
begannen sich einzurichten. Der Scharfrichter
hatte sie bei seinem Kontrollgang durch die Stadt
entdeckt.

So wurde der Feldmeister vom Janos Cerny an-
gewiesen, die Zigeuner aus der Stadt zu bringen. Es
war des Scharfrichters Pflicht, hier für Ordnung zu
sorgen. Innerhalb der Stadtmauer duldeten die
Prager kein fahrendes Volk. Das war Stadtgesetz.
Für solcherlei Aufgaben hatte Janos Cerny seine
Knechte. Und einer davon war Jan Zitny, der Feldmeister. Wenn der Scharfrichter auch wie Jan zu
den Unehrlichen gehörte, so war er doch ein Stückchen über dem Feldmeister angesiedelt und hatte

ihm zu befehlen.

Jan Zitny verließ also morgens schon sehr früh den Scharfrichterhof. Zu seinem Schutz und um bei den Zigeunern Eindruck zu machen, nahm er die zwei großen Hunde mit. Sein Weg führte am verschneiten Ufer der Moldau entlang in Richtung Stadt, wo er durch eine kleine Pforte in der Stadtmauer die Kleinseite betrat. Er wußte genau, wo er die Zigeuner zu suchen hatte; denn die nisteten sich immer in der alten Ruine ein, die auf einem Hügel stand. Hier glaubten die Zigeuner sich sicher vor marodierenden Banden und sie konnten hier in der Stadt auch schnell ihre Geschäfte machen.

"Schert euch zum Tor hinaus. Hier in der Stadt dürft ihr nicht lagern. Wißt ihr das denn immer noch nicht? Also dalli, dalli!"

Das rief Jan Zitny schon von Ferne; denn mit dem fahrenden Volk durfte man kein Federlesen machen. Man mußte gleich zeigen, wer hier das Sagen hat. Zudem waren die Zigeuner ja auch nicht zimperlich. Als er näher kam und weiter zur Eile mahnte, nannte eine Frau ihn Spitznase, eine andere schüttete ihm einen Eimer schmutzigen Wassers vor die Füße. Jan konnten diese kleinen Gemeinheiten nicht beeindrucken.

Auch die Köter der Zigeuner, die sich mit lautem Gebell auf den Feldmeister stürzen wollten, konnten ihn nicht aus der Ruhe bringen. Er gab seinen scharfen Hunden die lange Leine. Da fingen die Zigeuner ihre Hunde ein und sperrten sie in den Wagen.

So zur Eile getrieben packten die Zigeuner alles zusammen, spannten ihre Pferde an und nach einer Weile setzten sich die Wagen in Bewegung und zogen den Berg hinab vorbei an der Nikolauskirche und über die steinerne Karlsbrücke. Jan begleitete sie durch die winkligen Gassen der noch schlafenden Altstadt bis zum Roßtor. Am Fuße des Zischkaberges schlugen sie ihr Lager auf. Hier außerhalb der Stadtmauer durften sie bleiben.

Als Jan Zitny sich mit seinen Hunden zur Heimkehr wenden wollte, lief ihm eine junge Zigeunerin nach und reif:

"Wasenmeister warte, warte! Hier schau mein Kind hat den Gurfel (Milchschorf). Sieht es nicht erbärmlich aus? Und es muß sich immer jucken. Den ganzen Tag. Es ist entsetzlich. Du bist als Wasenmeister doch auch ein Heilkundiger, weil du dich durch deinen Beruf mit dem menschlichen Körper auskennst - so hab' ich's jedenfalls gehört. Kannst du nicht etwas gegen den Gurfel tun?" Bitte, bitte tu was!

"Nun ja, das einzige, was da helfen kann ist, dem Kind meinen bloßen Meichel (Schindermesser) durch den Mund zu ziehen. Der Meichel hat heilende Kraft."

"Oh je! Welch grausame Medizin!" entfuhr es der Zigeunerin.

"Aber es muß sein. Wasenmeister tu das, denn so kann es nicht weitergehen."

Jan Zitny zog also vorsichtig seinen Meichel durch den Mund des schreienden Kindes. Dann

kehrte er zurück zum Scharfrichterhof, wo er das
Pferd vor den Schinderkarren spannte, um an diesem Tag noch einen krepierten Gaul vom Burgberg
zu schaffen. Es war mühsam für ihn und seinen Gehilfen bei diesem starken Frost das tote, tief gefro-
rene Tier auf den Karren zu laden und zum Wasen*
vor der Stadtmauer zu schaffen. In den engen Gassen der Stadt drückten sich die Passanten in die
Eingänge der Häuser, um ja nicht mit dem Kadaver
oder dem Abdecker in Berührung zu kommen. Auf
dem Wasen angekommen, der unterhalb des Gal-
genberges nicht weit vom Zischkaberg lag, mußten
sie das Tier aus der Decke schlagen. Den Rest war-
fen sie in die Lottergrube. Das endgültige Verwer-
ten und das Vergraben der Reste konnte erst im
Frühjahr geschehen, wenn der Boden wieder auf-
taute.

Mit der wertvollen Decke ging Jan zum Gerber
Milan Hokol, der unten an der Moldau im so ge-
nannten "Klein Venedig" seinen Hof hatte. Als man
sich über den Preis der Decke einig geworden war
und Jan Zitny das Geld dafür kassiert hatte, sah er
im Hintergrund drei Schaffelle auf der Leine hängen. - Da haben wir es doch wieder, dachte Jan.
Der Schäfer pfuscht mir ins Geschäft. Ärgerlich
sagte Jan deshalb zu Milan:

"Wo hast du die drei Schaffelle her, Milan, die
dort zum Trocknen hängen? Ich jedenfalls habe sie
dir nicht gebracht! Hat mir der Schäfer Pavel wieder ins Handwerk gepfuscht? Du weißt doch, Kadaverbeseitigen und Abdecken ist verbriefte Sache

des Scharfrichters und ich erledige für ihn diese
Arbeiten."

"Was soll ich machen, wenn der Schäfer mir die
Felle bringt. Die müssen schließlich verwertet werden. Hol dir vom Pavel doch die Auslösung. Das ist
dein gutes Recht. So stehts geschreiben. - Die
Schuld liegt nicht bei mir. Die lieg bei Pavel."

"Ja, du hast Recht, Milan. Ich werde dem Schäfer
mein Schindmesser in die Tür rammen. Da wird er
schon lösen, um nicht selbst dem unehrlichen
Stand zu verfallen."

Und so geschah es. Jan Zitny und der Schäfer
Pavel hatten eine Auseinandersetzung an dessen
Ende der Abdecker seine Lösung bekam.

\* \* \*

Juri Hatscher betrat wie jeden Nachmittag das
Cafe Demel am Kornmarkt in Wien, setzte sich an
eines der Tischchen mit den weißen Marmorplat-
ten und legte sein schwarzes Stöckchen mit dem
silbernen Knauf auf einen Stuhl neben sich. Bei der
Bedienung bestellte er wie immer einen Großen
Braunen und ein Stück der dort so guten Torte. Er
wartete heute hier auf einen gewissen Rudolf
Latek, einen Formstecher, den er vor einigen
Tagen in Grinzig beim Wein kennengelernt hatte.
Man hatte sich hier zu Geschäften verabredet.

"Darf ich mich zu Ihnen setzen?"

Juri Hatscher blickte von seiner Torte auf und
sah einen noch jungen Mann an seinem Tischchen
stehen, der ihm völlig unbekannt war. Hatscher
überlegte nicht lange, ihn zum Platznehmen zu bitten, denn neue Bekanntschaften waren ihm immer
recht. Man konnte nie wissen, ob sie irgendeinen
Vorteil brachten. Wenn nicht, würde sich Hatscher
schnell wieder zurückgezogen haben. Ehe Juri Hatscher den Fremden aber etwas fragen konnte, sagte
dieser zu seiner Verblüffung:

"Sie sind doch Herr Hatscher, nicht wahr? Sie

können mich nicht kennen, Herr Hatscher, aber man hat mich auf sie aufmerksam gemacht."

"Zum Teufel, wenn sie mich nicht kennen, wie haben sie mich dann erkannt und hier gefunden?"

"Nun man weiß hier in Wien in bestimmten Kreisen, dass sie jeden Nachmittag bei Demel ihren Kaffee nehmen. Sie wurden mir beschrieben als ein hagerer Mann mit einem Oberlippenbart und einem schwarzen Stöckchen mit Silberknauf, der den Kopf eines Hundes darstell. So einer läuft sicher nicht zweimal hier herum."

Juri Hatscher wurde es nun ungemütlich. Was wollte dieser Fremde von ihm?

"Aber jetzt sagen sie doch endlich einmal, was diese Geheimnistuerei zu bedeuten hat und vor allem, wer sie hierher geschickt hat?"

"August Lukaschek ist mein Name. Von Beruf bin ich Vergolder und, um es gleich zu sagen, ich kenne da einen Formstecher Rudolf Latek, der schickte mich hierher. Der Latek hat wie ich keine Arbeit, denn wir sind bei unserem Meister herausgeflogen. Warum, das ist eine dunkle und lange Geschichte. Ich möchte im Augenblick nicht darüber sprechen."

Juri Hatscher fiel ein Stein vom Herzen, denn, wenn das so war, konnte nichts Gefährliches für ihn hinter der Sache stecken. Schließlich wartete er ja hier auf diesen Rudolf Latek. - In diesem Moment kam Latek auch schon zur Tür herein.

"Na, sie machen ja Sachen," sprach Hatscher den Eintetenden an.

"Schicken mir gleich einen zweiten Mann auf den Hals, ohne zu wissen, was das für einer ist."

"Nun so ist es nicht, Herr Hatscher. Ich kenne diesen August Lukaschek schon länger. Und als sie und ich sich letztens in Grinzig getrennt hatten, fiel mir der Vergolder ein und, dass wir einen Vergolder wohl gut gebrauchen könnten, ja, wir sogar unbedingt einen haben müssen. So habe ich ihn heute gleich hierher bestellt."

"Dann ist das wirklich sehr aufmerksam von ihnen", sagte Juri Hatscher.

"Denn damit hätten wir die Fachleute für unser Unternehmen beisammen. Ich muß schon sagen, das geht ja alles schneller als ich dachte."

Dieser Nachmittag bei Kaffee und Kuchen wurde schicksalhaft für die drei Männer, die jeder für sich irgendwie auf die schiefe Bahn geraten waren. Sie verabredeten mit Juri Hatscher ein subversives Geschäft nämlich, in Wien eine Falschmünzerwerkstatt zu betreiben.

Die Sache war von Hatscher schon gut vorbereitet worden; denn Hatscher, der aus Polen stammte, hatte dort - mehr durch Zufall - die Geräte und Maschinen für ein solches Unternehmen billig kaufen können. Durch dieses Zufallgeschäft war bei ihm die Idee geboren worden, falsche Münzen herzustellen. In Wien fand er auch bald ein entsprechendes Versteck für seine geplante Werkstatt. Und so verabredeten sich die drei Kumpanen für den Abend, um die neue Stätte ihres Wirkens zu besichtigen. - - -

Niemand beachtete die drei Männer, die durch die abendlichen Straßen Wiens der Donau zustebten. Endlich als sie die Stadt und auch schon die Vorstädte hinter sich gelassen hatten, bleiben sie vor einem Gartentürchen stehen, auf dessen verwildertem Grundstück im Hintergrund ein kleines verwahrlost aussehendes einstöckiges Haus zu sehen war. Nachdem sie sich vorsichtig nach allen Seiten umgesehen hatten, öffnete einer der Männer das Gartenpförtchen. Auf einem mit Unkraut überwucherten Weg schritten sie auf das im Dunkeln nur schemenhaft zu sehende Häuschen zu. Hier trafen sie drei weitere Männer. Juri Hatscher hatte sie für diesen Abend hierher bestellt. Es waren die Helfer, die den Formstecher und den Vergolder bei ihren Arbeiten unterstützen sollten.

Das niedrige Häuschen muß einmal einem Donaufischer gehört haben; denn auf Holzgestellen und an den Bäumen hingen noch alte Fischernetze und ein altes Boot lehnte kieloben an einer Seite des Häuschens.

Juri Hatscher zündete nun eine Laterne an und die sechs Gesellen betraten das unverschlossene Haus. Es war nicht verschlossen, denn nachdem der alte Fischer verstorben war, kümmerte sich niemand mehr um dieses wertlose, dem Verfall anheimgegebene Anwesen.

Die sechs Männer gelangten bald in einen Gang, wo Hatscher einen Schlüssel aus der Tasche zog. Er öffnete damit eine Tür, hinter der eine Treppe nach unten führte. Sie stiegen hinab und gelangten in ein Gewölbe. Im trüben Licht der Stalllaterne zeichneten sich die Konturen einer Stanze und einer Prägemaschine ab. Als sie näher traten, konnte vor allem der Formstecher Latek seine Begeisterung über die gute Einrichtung der Werkstatt kaum verbergen.

"Das sieht ja alles sehr gut aus, Herr Hatscher. Stanze, Presse, Tiegel und Öfen, alles was man braucht, ist vorhanden! Hier können wir morgen anfangen, vorausgesetzt wir haben Material," sagte er.

"Dafür werde ich sorgen." sagte Hatscher. - - -
Und so war die Werkstatt auch bald voll in Betrieb. Hatscher hatte jedoch nicht nur Kupfer, Gold und Quecksilber gekauft, das die Falschmünzer für ihr Werk brauchten. Er kaufte auch einen großen schwarzen Hund, der sich während der Arbeit immer in der Werkstatt aufhalten sollte, um jeder Gefahr, überrascht zu werden von vornherein zu begegnen. Wie wichtig der Hund war, zeigte sich schon am zweiten Tag; denn die Falschmünzer hätten den Eintritt Juri Hatschers wegen der lärmenden Maschinen gar nicht bemerkt, wäre da nicht der Negro gewesen, der Hatscher laut bellend entgegensprang.

Zu Tode erschrocken hatten die Männer da nach ihren Hämmern gegriffen, um sich zu verteidigen. Doch Hatscher rief,

"Seid ohne Sorgen! ich bin's!"

"Ah, sie sind es" entfuhr es da dem Formstecher.

"Sie haben uns nicht wenig erschreckt. Gut dass

wir den Negro haben. Es zeigt sich jetzt, dass ihr wachsamer Hund unentbehrlich ist. Übrigens mit der Prägemaschine hatten wir heute Schwierigkeiten. Sie war einmal völlig außer Rand und Band. Da sehen sie, wie schlecht die Stücke ausgefallen sind. Der obere Stempel hatte sich verschoben und eine Führungsschiene hatte sich gelöst, so dass auf der einen Seite der Münze ein breiter Rand enstand."

"Diese Stücke sind zu nichts mehr zu gebrauchen als zum Einschmelzen," sagte Juri Hatscher.

"Aber wie geht es jetzt? Läuft die Maschine wieder?"

"Alles wieder in Ordnung. Wir packen das schon."

Während der Formstecher dies sagte, zogen seine beiden Helfer an dem Seil, das unter der Decke an einem Balken durch eine Rolle lief und hieften so den Block mit dem eisernen Oberstempel in seiner Führung nach oben, wo sie ihn im nächsten Moment auf den Unterstempel fallen ließen.

"Na bitte, es klappt doch wieder bestens," sagte der Formstecher, als er den Rohling aus der Maschine nahm und ihn in ein bereitstehendes Gefäß zu den anderen Rohlingen warf.

Juri Hatscher wandte sich nun einem Kasten zu, der fast randvoll gefüllt war mit fertig vergoldeten und polierten Theresientalern. Er nahm einige heraus, betrachtete sie eingehend und zu Latek und Lukaschek gewandt sagte er begeistert:

"Da haben sie ein wahres Meisterstück vollbracht. Ein Taler ist wie der andere und ich zumindest kann nicht den geringsten Unterschied zu dem echten Taler feststellen, den ich gerade hier aus meiner Tasche gezogen habe. Schauen sie selbst!"

Während Juri Hatscher diese lobenden Ausführungen über die falschen Theresientaler machte, schaute er wie zufällig dem Vergolder August Lukaschek ins Gesicht und bemerkte, dass dieser eine zweifelnde Miene aufgesetzt hatte:

"Sind sie als Fachmann denn nicht meiner Meinung Herr Lukaschek? Sind sie nicht der Meinung, dass diese Taler ausgezeichnet gelungen sind?" fragte er deshalb den Vergolder.

"Na ja, sie haben sicher Recht. Für den Laien sieht das so aus, wie sie sagen. Ich würde es jedoch sehr schnell merken, wenn mir jemand so ein Ding andrehen wollte. Schon das Gewicht des Talers würde mich stutzig machen. Ich würde dann sofort einmal auf die Münze beißen. Wenn die Zähne keine Spuren hinterlassen würden, wüßte ich, woran ich bin. - Außerdem horchen sie!"

Er ließ eine falsche Münze auf den Steinfußboden fallen und gleich danach eine echte. Man konnte deutlich hören, dass die falsche Münze einen helleren Klang hatte.

"Haben sie den Unterschied gehört?"

Juri Hatscher bestätigte dies nachdenklich. - -

Der Vergolder aber beruhigte den Bandenchef sogleich, indem er sagte, "der Laie merkt das nicht so schnell."

"Man könnte eine andere Metallmischung für den Rohling finden. Zum Beispiel könnte man dem Kupfer Blei und Zinn beimischen. Dann würde er - wenn wir die richtige Mischung finden - schwerer und auch der Klang würde sich verändern. Doch das wäre ein Aufwand der die ganze Sache zu teuer machen würden. Wir könnten dann gleich pures Gold nehmen," sagte der Formstecher Latek.

Viele Monate prägte die Fälscherbande nun Theresientaler und vergoldete sie. Unters Volk brachte der Bandenchef, Juri Hatscher, sie selbst. Er begab sich dazu in eine Spielhölle, wobei ihn stets der Baron von Hemfeld begleitete. Beide Herren waren nach der neusten Mode gekleidet und machten so den seriösesten Eindruck, den man sich nur vorstellen konnte.

Beim Spiel unterstützten sie sich gegenseitig, indem jeweils immer nur einer von beiden spielte, der andere aber in der Nähe an einem Tischchen saß, ein Gläschen Wein trank und von dort aus einem der Mitspieler ganz unauffällig in die Karten guckte. Sie machten das so geschickt, dass niemand etwas merkte. Mit ihren Spazierstöckchen gaben sie sich einem verabredeten Code folgend Zeichen über die Karten des Gegenspieler. Wenn der silberen Hundekopf auf den Spazierstöcken zum Beispiel nach vorne zeigte, bedeutete das ein Ass, zeigte er nach links war es eine Dame, nach rechts ein Bube und so weiter. Legte er das Stöckchen weg, so bedeutete das, eine Lusche ausspielen.

Eben hatte einer der Spieler wieder einen hohen Einsatz gewagt als der Baron sein Stöckchen so drehte, dass Hatscher die richtige Karte abwerfen konnte. Ein Haufen Goldtaler wechelte zu Hatscher, während sein Gegenüber vor Schreck erblaßte. Dieser Verlust machte den Verlierer aber erst recht hitzig. Er verdoppelte und verdreifachte seinen Einsatz bei den nächsten Spielen und verlor jedes Mal wieder durch den Trick der beiden Ganoven. Jetzt sprang er auf, raffte den Rest seiner Taler zusammen und verließ die Spielhölle. Hatscher und der Baron hatten es immer so eingerichtet, dass ihre Mitspieler möglichst viele falsche Münzen sie aber echte Taler gewannen. - - -

Aber wie das immer so ist, ein Verbrechen bleibt nicht ewig unentdeckt. Juri Hatscher und sein ausgefuchster Freund, der Baron von Hemfeld, waren eines Abends an den Falschen geraten. Der geprellte Spieler war nämlich ein reicher Goldschmied aus Wien, der von Gold etwas verstand. In seiner Werkstatt stellte er am nächsten Tag fest, dass die meisten Taler aus der Spielhölle nicht echt waren. Erbost brachte er sie zur Polizei und behauptete dort, ein unbekannter Kunde hätte damit in seinem Laden bezahlt. Von der Spielhölle sagte er natürlich nichts. Die Polizei wußte nicht, wo sie suchen sollte. Bisher waren ihr falsche Münzen noch nicht aufgefallen. Monatelang tappten die Behörden im Dunkel. Bis ihnen der berühmte Kommissar Zufall zuhilfe kam.

Bei der Bergung einer Leiche aus der Donau, die

ganz in der Nähe des kleinen verfallenen Fischerhauses angeschwemmt worden war, bemerkten die
mit der Sache beschäftigten Polizisten und Helfer
in immer gleichen Abständen ein Zittern des Bodens, wenn sie sich dem verfallenen Haus näherten. Das machte sie stutzig. Sie versuchten das
Stampfen zu lokalisieren. Ja, es kam wirklich aus
dem Untergrund des keinen, verfallenen und so
harmlos aussehenden Fischerhauses.
Am späten Abend untersuchte eine Spezialein-
heit der Polizei das Haus. Sie fanden die Fälscherwerkstatt. Aber nur der Formstecher Rudolf Latek
war noch anwesend. Die anderen hatten schon Fei-
erabend gemacht und auch den Hund mitgenommen. So fiel nur der Formstecher der Polizei in die
Hände. - - -
Nach dieser Katastrophe hatte Juri Hatscher
Wien schnell verlassen und sich für einige Jahre
unter den verschiedensten Namen in der Welt her-
umgetrieben. Am Ende war er dann nach Prag gegangen, wo er nicht sehr weit von der Hauptstadt
in einer Burgruine nahe Rakonitz ein neues Versteck für eine Falschmünzerwerkstatt fand; denn
er war nun, nachdem sich alle Aufregung in Wien
gelegt hatte, fest entschlossen sich wieder diesem
zwar gefährlichen aber doch sehr lukrativen Geschäft zu widmen. Die unterirdischen Gewölbe der
abgelegene Ruine waren geradezu ideal für so ein
Unternehmen.
Juri begab sich nun wieder nach Polen, wo er
noch immer seine dunklen Verbindungen hatte

und besorgte dort wieder alles, was man für das subversive Geschäft brauchte. Er konnte sich das leisten; denn er verdiente noch immer mit Falschspielen so manches Sümmchen - diesmal jedoch mit einer anderen betrügerischen Masche.

Um seine alten Falschmünzerkumpanen zu finden, reiste Juri nach Wien, wo er einen nach dem anderen wiederfand. Sie waren alle bereit in das neue Geschäft einzusteigen, obwohl sie ja wußten, wie gefährlich das war. Doch das viele Geld, das man auf diese Weise so leicht verdienen konnte, lockte sie. - - -

Einen Ersatz für den in Wien geschnappten und noch im Kerker sitzenden Formstecher Latek fand Juri auch bald. Er lernte ihn wieder in Grinzig kennen und saß nun mit ihm beim Wein.

"Nun erzähl mal, wo du herkommst" sagte Juri Hatscher zu Anton Zarosky, der sich ihm als neuer Formstecher anbot.

"Wir müssen wissen, mit wem wir es zu tun haben, wenn du mit uns arbeiten willst."

"Meine Geschichte ist sehr einfach und bietet wenig Interessantes," erwiderte Zarosky.

"Ich bin der Sohn eines Leipziger Bürgers, der in seiner Stadt als ein tüchtiger Meister in der Kunst der Formstecherei gilt. Als ich fünfzehn Jahre alt war, bildete mein Vater mich - seinen einzigen Sohn - als Formstecher in seiner Werkstatt aus. Nach drei Jahren Lehrzeit schickte er mich auf die Wanderschaft. Ich kam nach Berlin, wo ich bei einem seiner Freunde und Kunstgenossen zu mei-

ner weiteren Ausbildung in's Geschäft eintrat. Der
Meister bekam viele Aufträge von der königlichen
Münze. Da mußte sehr genau gearbeitet werden.
Drei Jahre war ich dort und lernte etwas Ordentli-
ches. Das war bisher die glücklichste Zeit meines
Lebens. - Aber sie endete traurig.

Mein Meister hatte nämlich eine Tochter, die ich
bald von ganzem Herzen liebte, und von der ich
wieder geliebt wurde. Und da ihr Vater mir oft Beweise seiner Zufriedenheit und Zuneigung gab,
glaubte ich, dass er unsere gegenseitige Liebe
kannte und billigte. So zweifelte ich nicht daran,
dass er mir Karoline zum Weibe geben werde,
wenn ich bei ihm eines Tages um sie anhalten
würde. Ich täuschte mich! Ich werde das Gesicht,
das er machte, mein Leben lang nicht vergessen,
als ich mit meinem Anliegen herausrückte."

"Anton!" sagte er. Und Hohn und Spott lag in seiner Miene. -

"Anton, bedenke, dass dir zwei Dinge fehlen, um
der Mann meiner Karoline zu werden.

Erstens fehlt dir der Bart, als ein Beweis dafür,
dass du kein unreifer Grünschnabel mehr bist. So
wie du heute bist, kannst du erst in einigen Jahren
ans Heiraten denken - heute jedenfalls noch nicht.
Zweitens fehlt dir das notwendigste aller Dinge der
Welt: nämlich das Geld.- Ja, Geld mußt du haben,
wenn du mein Schwiegersohn werden willst; denn
ich habe meine Karoline nicht zum Hungerleiden
aufgezogen. -

Da ist der Kaufmann Braun, der sie gerne zum

Weibe hätte. Er ist reich, aber Karoline mag ihn nicht. Nun, ich werde sie nicht zwingen. Aber ich kann bei meinem Stand mit Recht verlangen, dass sie einen Mann wählt, der so reich ist wie der Braun. Deshalb, Anton, laß dir einen Bart wachsen. Und wenn du dazu deine zwanzig- bis dreißigtausend Taler wert bist, dann klopfe wieder an.

Dabei blieb es. Karoline und ich konnten bitten, so viel wir wollten! - Das Mädchen versprach, auf mich zu warten, als ich sie verlassen mußte, um nochmals in die weite Welt zu gehen. -

Nun traf ich dich, Juri, und ich hoffe, hier das Geld zu verdienen, das ich für das Mädchen brauche."

Juri Hatscher schwieg zu den Ausführungen des neuen Formstechers. Er hatte Zweifel, ob dieser ehrliche Kerl wohl aus dem Sumpf, in den er sich gerade begab, wieder herausfinden würde, um dann das Mädchen zu heiraten. Da Juri aber einen neuen Formstecher dringend brauchte sagte er nur.

"Na, das wird dir schon glücken, denn viel Geld kannst du hier bei uns mit Sicherheit verdienen." -

- -

\* \* \*

Um sein Herkommen aus der Unehrlichkeit zu verschleiern, nannte Ottokar Cerny sich in Leipzig Jaroslaw Liderowsky. Diesen Namen hatte er von den Leipziger Verwandten seiner Mutter angenommen - einer ehemaligen Totengräberfamilie, der es schon vor längerer Zeit gelungen war, sich aus der Unehrlichkeit zu befreien, sich in Leipzig unter diesem Namen anzusiedeln und einem bürgerlichen Gewerbe nachzugehen. Die Verwandten hatten den Knaben - bewogen durch bedeutende Geldbeträge des Vaters - an sohnesstatt angenommen und auf das Gymnasium geschickt. Als er die Matura erreicht hatte, bezog Ottokar die Leipziger Universität, wo er ein flottes und kostspieliges Studentenleben führte. Vom Vater, der ihn nicht zu sehen bekam, damit seine Herkunft nicht aufgedeckt werde, forderte er immer mehr Geld, das ihm der Scharfrichter auch gab, in der Hoffnung, dass Ottokar bald sein Examen oder seinen Doktor machen würde.

Ottokar aber verbrauchte die väterlichen Geldsendungen und noch einiges mehr für sein flottes Leben und geriet dadurch so in Schulden, dass man ihn vor Gericht stellen wollte. Er mußte fliehen, um dem Kerker zu entgehen. Auf seiner Flucht vor den Häschern versuchte Ottokar sich für eine Nacht in der abgelegenen Burgruine in der Nähe von Rakonitz nicht weit von Prag zu verstecken.

Zu seinem Schrecken traf der Sohn des Scharfrichters dort, wo er gehofft hatte, untertauchen zu können, jedoch einen Mann, der sich Juri Hatscher nannte, und der ihn bald in ein Gespräch verwikkelte. Ottokar, der sich jetzt Graf Jaroslaw von Liderowsky nannte, wußte nicht, dass er diesen Mann eigentlich hätte kennen müssen. Denn, als Ottokar noch klein war, war Juri Hatscher von seinem Vater aus der Scharfrichterei in Prag mit Schimpf und Schande davongejagt worden, weil er Geld gestohlen hatte. - - -

Hatscher starrte den Grafen Jaroslaw von Liderowsky verwundert an. Allmählich aber zeigte seine Miene einen ganz absonderlichen Ausdruck und als der Graf seine Rede beendet hatte, brach Juri Hatscher in ein lautes Gelächter aus, reichte seinem Gegenüber die Hand und rief:

"Dann bist du, so wahr ich lebe, niemand anderer als Ottokar Cerny, der Sohn des Scharfrichters Janos Cerny aus Prag. Jetzt erkenne ich dich auch wieder, dich den kleinen Kerl von damals, der mir bei meiner Arbeit immer zwischen den Füßen herumgelaufen ist."

Hätte der Blitz neben ihm eingeschlagen, Ottokar wäre nicht mehr erschrocken, als in diesem Augenblick. Einen Moment stand er regungslos und

totenblaß da, unfähig ein Wort hervorzubringen. -
Nur langsam erholte er sich aus seiner Betäubung
und verwünschte seine Unvorsichtigkeit, Juri gegenüber von Prag und der Scharfrichterei gesprochen zu haben. Dann schrie er aufgeregt:
"Mensch! wenn du ein Wort davon sagst, wer ich
in Wirklichkeit bin, dann bist du ein toter Mann!"
"Nun, nun du wirst einem alten Freund gegenüber doch nicht so mißtrauisch sein. Ich werde
schweigen wie ein Grab. Mich geht das ja auch
nichts an und ich habe nichts davon, dich zu verraten. Aber wie kommst du zu dem Grafentitel?" -
Als Ottokar sich eine weitere Minute erholt
hatte, sagte er ganz ruhig:
"Juri, wenn du etwas werden willst auf dieser
Welt, dann mußt du hochstapeln, es sein denn, du
bist reich geboren. Ich habe Jura studiert, aber
nicht abgeschlossen. Das Geld, das mein Vater mir
schickte, habe ich verjubelt. Nun schickt er nichts
mehr, weil er nichts mehr hat! - Ich habe Schuld
auf mich geladen, denn ich habe meine Eltern, die
es so gut mit mir meinten, ruiniert. Wegen meiner
hohen Schulden soll ich in den Kerker. So muß ich
mich verstecken, denn dort will ich nicht hin. -
Meinen Grafen hat mir ein Freund in Wien besorgt,
der sich auf falsche Dokumente versteht."
"Du versteckst dich in dieser Burgruine?" sagte
Juri.
"Weißt du eigentlich, wo du hier bist? Hier verstecken sich noch andere Leute, die auch das Licht
scheuen müssen. Aber diese anderen hast du gar

nicht bemerkt und das ist sehr gut so - sehr gut! Es zeigt mir, daß wir hier sicher sind."

"Was, wie, warum?" stotterte Ottokar erstaunt.

"Erkläre mir das genauer."

Juri Hatscher sinnierte und nach einer längeren Pause sprach er leise vor sich hin: "Wir könnten so einen, wie du einer bist, vielleicht gebrauchen. Ein Graf - das ist nicht schlecht! Und wenn du mitmachen willst, dann werde ich dir Weiteres erklären. Es ist eine geheime Sache, die natürlich auch nicht legal ist. Doch Geld verdienen kann man dabei mehr als genug. Mehr kann ich jetzt nicht sagen. Ich weiß ja nicht, ob du im Untergrund leben willst."

"Was heißt hier Untergrund. Ich bin dort ja schon angekommen. Wenn's nicht gar zu gefährlich ist, mache ich mit."

"Nicht gefährlicher als vieles andere und das Leben überhaupt," sagte Juri Hatscher. "Warte hier. Ich muß die anderen fragen. In einer halben Stunde oder so bin ich zurück. Ich denke es wird klappen."

Juri verschwand in dem Gewirr von Mauerresten, Schuttbergen und Treppen der sehr umfangreichen Burgruine und, da er sich hier ja gut auskannte, fand er schnell die verfallene, von Fremden kaum auffindbare, Treppe, die nach unten in die Gewölbe führte. Am Ende der Treppe lief er einen langen Gang entlang, nahm einen Hammer, der dort versteckt war, und klopfte damit dreimal und nach einer kurzen Pause noch zweimal gegen die

Mauer am Ende des Ganges. Man konnte hier tief unter der Erde ein leichtes Vibrieren verspüren, so als wenn in der Nähe eine schwere Maschine ihre Arbeit tun würde.

Mit einem Mal bewegte sich die Mauer ganz langsam, bis sie einen Spalt freigab, durch den Juri hindurchschlüpfen konnte. Das Zittern des Bodens wurde nun ganz deutlich; denn Juri Hatscher stand in der Falschmünzerwerkstatt. Trübes Licht erhellte die Gewölbe, in denen drei dunkle Gestalten an einer Prägemaschine arbeiteten, während in einem anderen weit abgelegenen und wiederum nur durch einen langen Gang zu erreichenden Gewölbe ein Glutofen mit flüssigem Kupfer brodelte.

"Hört mal her," sagte Juri.

"Ich habe da einen Mann getroffen, den wir ganz gut gebrauchen könnten und zwar zum Vertreiben unserer Münzen, meine ich. Er hat Jura studiert und nennt sich Graf Jaroslaw von Liderowsky, obwohl er gar kein echter Graf ist. Er scheint mir sehr gewitzt zu sein und hat wohl auch gute Verbindungen."

Die vier dunklen Gesellen beratschlagten nun. Man war dafür und man war dagegen. Besonders skeptisch war der Formstecher Zarosky:

"Bist du auch sicher, Juri, dass dieser Graf kein Spitzel oder sonst ein ausgefuchster Ignorant ist, der uns anzeigt, um sich selbst einen Vorteil zu verschaffen. Woher kommt er denn?"

"Ich kenne den von Kindesbeinen an, aber ich darf euch nicht sagen, wo er herkommt. Das ist nämlich eine heikle Geschichte und deshalb paßt er auch zu uns. Im Augenblick muß er sich wegen seiner Schulden verstecken. Wenn er aber Geld in den Fingern hat, ist er überall gut angesehen und kann uns nützlich sein. Ihr könnt mir vertrauen."

"Das klingt sehr geheimnisvoll, Freunde, doch wie auch immer - auf Juri können wir uns verlassen. Schließlich hat er die ganze Werkstatt hier eingerichtet. Also hol' deinen Spießgesellen rein. Er kann mitmachen, wenn er dicht hält."

Dies sagte Anton Zarosky, der Formstecher. Dieser und der Vergolder August waren die wichtigsten Männer der Geldfälscherbande; denn allein Anton Zarosky konnte die Druckstöcke für die Münzen herstellen und nur der Vergolder August Lukaschek konnte die Kupferrohlinge zu Theresientalern machen.

Ottokar schloß sich also seinem Landsmann Juri Hatscher an, besonders da dieser ihm in einer vertraulichen Stunde Mittel und Wege gezeigt hatte, wie er sich auf leichte Weise aus seinen Geldverlegenheiten befreien könne. Den verlockenden Einflüsterungen Hatschers gab Ottokar frohen Herzens nach, weil sie ihm reichliche Befriedigung seiner Genußsucht versprachen.

So trat Ottokar nun als Graf Jaroslaw von Liderowsky in die Geschäfte der Geldfälscher ein. Sein forsches Auftreten und sein adeliger Name befähigten ihn, nicht nur die falschen Münzen zu vertreiben. Bei dem Juden Samuel Weinstein, einem Wiener Edelmetallhändler, kaufte er auch das

Kupfer zum Prägen der Taler und Gold und Quecksilber, das der Vergolder für seine Arbeit brauchte.
Hier bezahlte Ottokar mit den unechten Münzen
aus der Fälscherwerkstatt.

Die unechten Goldmünzen waren ein riesiger Be-
trug. Sie bestanden aus Kupfer. Zu Goldtalern wurden sie erst, wenn der Vergolder August sie im
Feuer sehr geschickt mit Gold überzog. Er machte
das nach einem uralten Rezept, indem er Gold in
Quecksilber löste und dieses Amalgam auf die Kupfermünzen aufbrachte. Im Feuer wurde das Quecksilber dann verdampft, wobei das Gold sich fest mit
der Kupfermünze verband. Die blankgeputzten
Taler sahen dann vollkommen echt aus.

Nicht sehr weit von der Burgruine an der Straße
nach Prag lag versteckt im Wald ein berüchtigtes
Wirtshaus. Es waren dort leichte Mädchen zu finden. Aber vornehmlich war es eine Spielhölle, die
sich großen Zulaufes erfreute; denn in der großen
Stadt Prag gab es, wie in allen Städten von Welt,
genug Gesindel, das seinen Unterhalt auf nicht seriösen Wegen verdiente. Von diesen lichtscheuen
Elementen wurde auch so mancher Student angelockt, der sein väterliches Budget meinte, auf sol-
che Art  aufbessern zu können. Juri Hatscher war
ein dauernder Gast in diesem Wirtshaus und er
zockte hier durch Falschspielen so manchen harten
Taler ab, der dann so manchem Studiosus für seinen Unterhalt fehlte.

Juri Hatscher machte beim Falschspielen mit
dem falschen Grafen Jaroslaw von Liderowsky nun

gemeinsame Sache. Sie waren Freunde geworden und sie plünderten - wie ehemals in Wien - schamlos ihre unerfahrenen Opfer aus. Graf Jaroslaw wurde auf diesem Wege und indem er die Münzen der Geldfälscher in Prag und anderen böhmischen Städten unter das Volk brachte, schnell seine Schulden los.

Mit seinem falschen Grafentitel schlich er sich in Prag und auf den Schlösser in der Umgebung der Hauptstadt in die besseren Kreise ein, wo er sehr spendabel auftrat und die Frauen betörte.

Das auf unlautere Weise verdiente Geld gab er mit vollen Händen aus. So war er jetzt zwar nicht mehr in Geldnöten, lebte aber trotzdem immer noch von der Hand in den Mund; denn so viel Geld, wie er für sein aufwändiges Leben brauchte, konnten auch seine dunklen Geldquellen nicht hergeben.

Das ging eine lange Zeit gut; denn die beiden Falschspiel- und Geldfälscherexperten waren schlau genug, nicht aufzufallen.

\* \* \*

Bei einem Bankett beim Grafen Kaunitz traf Ottokar, der jetzige Graf Jaroslaw von Liderowsky, die Gräfin Hermine Orloff. Ihr Anblick ließ den Grafen erstarren. So eine Frau hatte er noch nicht gesehen. Sie war jung und schön und beim Tanze so anschmiegsam, dass ihn die volle Lust überkam. Das beste aber an ihr war, dass Graf Jaroslaw sehr schnell den Eindruck gewann, dass sie - wie man so sagt - zu allen Schandtaten bereit war. So kam es auch bald dazu, dass Jaroslaw mit ihr die Nacht der Nächte erlebte, wie er dies nannte, als er seinem Freund Juri begeistert von dieser Frau berichtete.

Hermine lebte mit ihrem Vater auf einem kleinen Schloß nicht weit von Prag. Um immer nahe bei seiner Angebeteten zu sein, mietete Graf Jaroslaw sich luxeriös in einer Villa bei Altbunzlau ein, wo er "standesgemäß" residieren konnte, rauschende Bälle gab und mit seriösen und unseriösen Leuten Geschäfte machte.

Hermine verliebte sich in den jungen Grafen so unsterblich, dass sie für andere Männer, die ihr Vater für sie schon mal aussuchte, kein Auge mehr hatte.

Zu dieser Zeit wäre es dem Grafen Orloff, der vor einigen Jahren seine Frau verloren hatte, aber auch nicht unrecht gewesen, wenn seine Tochter Hermine sich mit dem Grafen Jaroslaw von Liderowsky verlobt hätte, worum sie ihren Vater schon mehrere Male inständig gebeten hatte.

Die Entscheidung darüber hatte Graf Orloff aber bisher immer hinausgezögert, weil er den Grafen Jaroslaw von Liderowsky nicht näher kannte. Von der äußeren Erscheinung des Grafen, seinem gewinnenden Wesen und seiner Freigebigkeit war Graf Orloff jedoch ganz angetan.

Da trat ein Ereignis ein, das den Grafen Orloff zwang, andere Heiratspläne für seine Tochter ins Auge zu fassen. Ohne dass Hermine etwas davon bemerkt hatte, war ihr Vater schon seit Jahren in eklatante finanzielle Schwierigkeiten geraten. Seine Güter in Böhmen waren verpfändet und er hatte sich hier und da außerdem noch viel Geld geborgt, um seinen und seiner Tochter luxuriösen Lebensstil bestreiten zu können. Jetzt war der so sorglos lebende Graf an den Punkt gekommen, wo die Gläubiger ihn hart bedrängten. Um sich und auch um Hermine vor dem Bankrott und der damit verbundenen Schande zu retten, sah er keinen anderen Ausweg, als Hermine ohne Rücksicht auf ihre Gefühle reich zu verheiraten.

"Was ist dir Vater? Du siehst ja fürchterlich aus," rief Hermine entsetzt, als ihr Vater in ihr Zimmer eintrat. So bedrückt von Kummer und Sorgen hatte sie ihren Vater noch nie gesehen. Sein Gesicht war kreideweiß und dunkle Ränder hingen unter seinen Augen.

"Was mir ist? Ja, was mir ist, das kann ich dir eigentlich gar nicht sagen, so schrecklich ist es. Und doch es muß heraus. Es muß gesagt werden und zwar jetzt. Liebe Hermine, ich muß dir gestehen, dass ich dir lange meine wirtschaftliche Misere verschwiegen habe, damit du dir keine Sorgen machen mußt. Ich habe immer so getan, als ob alles gut wäre. Aber das war es nicht. Wir beide haben viele Jahre weit über unsere Verhältnisse gelebt. Dabei bin ich immer tiefer in Schulden geraten. Meine Güter in Böhmen sind schon seit Jahren verpfändet. Meine Gläubiger bedrängen mich jetzt hart. Hermine, meine liebe Tochter, ich sehe nur einen Ausweg, und zwar einen Ausweg, der mir sehr leid und sehr weh tut. - Ich muß dich reich verheiraten. Das bedeutet für dich, dass du den Grafen Jaroslaw nicht heiraten wirst. Wenn wir nicht in Armut fallen wollen, wirst du dich für einen reichen Mann entscheiden müssen und da kommt nur einer infrage. Der polnische Graf Miroslaw Wolkonski. Er ist mein größter Gläubiger. Ihm habe ich meine Güter verpfändet und er ist auch bereit, mit dir die Ehe einzugehen. Ich habe schon mit ihm gesprochen - verzeih mir bitte. -

Dann bleiben alle Güter in der Familie. Außerdem ist Graf Miroslaw Wolkonski so entsetzlich reich, das wir keine Not leiden werden, - auch du nicht. Bitte bedenke das!"

Hermine brach in Tränen aus, warf sich auf ihr

Bett und schluchzte in die Kissen. Wut und Trauer kämpften in ihrer Brust. -

Dann plötzlich fuhr sie hoch und schrie ihren Vater an.

"Dieser Graf Miroslaw Wolkonski, dieser radebrechende Pole, ist ein Ekel, ein eiskalter Kaufmann, ein Verbrecher, der über Leichen geht, - wie man sieht! Du hast es selbst gesagt. Den soll ich lieben, den soll ich heiraten? Hat dieser saubere Graf Wolkonski dich nicht in diese Situation hineingeritten? - Nein, nein und nochmals nein. Mir bricht das Herz, wenn ich von Graf Jaroslaw lassen soll. Nein, niemals, niemals wird das geschehen. - Niemals! - Weißt du nicht, dass Graf Jaroslaw von Liderowsky auch ein reicher Mann ist? Auch er kann uns retten, wenn es wirklich so schlimm um uns steht, wie du sagst."

"Aber Hermine verstehst du nicht? Graf Miroslaw Wolkonski ist im Besitz unserer Güter, von denen wir leben. Ich kann sie nicht auslösen. Da nützt uns dein Graf von Liderowsky gar nichts. Nur die Heirat mit dem polnischen Grafen kann uns retten, wenn nicht alles verloren sein soll. Deinen Grafen Jaroslaw kenne ich kaum. Gehört habe ich aber schon mal, dass er in dunkle Geschäfte verwickelt sein soll. Das kann stimmen, aber es kann auch nicht stimmen. Ich an deiner Stelle hätte längst einmal nachgeprüft, womit er sein Geld verdient. -

Aber was rede ich da. Es gibt keine andere Lösung für unseren Bankrott, als die Heirat mit dem

Grafen Miroslaw Wolkonski." - -

Graf Orloff war froh, dass er seinen Rettungsanker zur Verhinderung seines Bankrotts bei Hermine nun endlich ausgeworfen hatte. Er mußte ihr Zeit geben. Auf die Dauer würde Hermine auch ihren Verstand sprechen lassen und einsehen, dass es keinen Ausweg gab. - - -

Hermine verdrängte das Leid, das ihr bevorstand, zunächst und sagte ihrem Geliebten nichts von den Plänen und der Misere ihres Vaters. Sie genoß in vollen Zügen das innige Beisammensein mit Jaroslaw. -

Doch eines Tages, unruhig geworden durch die Bemerkung ihres Vaters, die sie manche Nacht im Traum verfolgt hatte, fragte sie ihn dann doch nach seinen Geschäften. Ottokar erschrak. Er gab ausweichende Antworten und versuchte das Thema zu wechseln.

"Nein," sagte Hermine, "du mußt mir antworten. Du mußt doch irgendwie Geld verdienen. Oder hast du einen so reichen Vater, dass du davon leben kannst?"

Jaroslaw schwieg, ging zum Fenster und schaute hinaus. Vor seinem geistigen Auge stand plötzlich das Bild seines Vaters, des Scharfrichters, den er aus seinen Gedanken und seinem Leben schon so lange verdrängt hatte. Sein schlechtes Gewissen, das sich mit der Erscheinung seines Vaters verband, erschreckte ihn und er hätte fast die Fassung verloren. In seiner Hingabe an Hermine hatte er nicht daran gedacht, dass sie ihn nach seiner Herkunft fragen könnte. - Was sollte er nun antworten? Von seinen Eltern konnte er Hermine nicht erzählen. Und von seiner Falschmünzerei schon gar nicht.

Geistesgegenwärtig sagte er deshalb, sich wieder zu Hermine hinwendend: "Mein Vater ist am Hof zu Wien ein kaiserlicher Beamter. Aber ich sehe ihn kaum noch. Wir verstehen uns nicht sehr gut. Und ich lebe von diplomatischen Aufträgen, die mir der Fürst Kaunitz vermittelt, der meinen Vater gut kennt."

Damit hatte Ottokar sich wieder gefangen und sagte:

"Oh, Graf Kaunitz! da fällt mir gerade etwas ein, - Hermine, du erinnerst mich daran - ich muß ja heute noch zum Fürsten. Ich hätte das fast vergessen. Hermine, laß mich gehen."

Unter diesem Vorwand verließ er sie schnell. Hermine blieb sehr nachdenklich zurück. - -

\* \* \*

In der Burgruine lief das Geschäft mit den Goldmünzen jahrelang ohne Schwiergkeiten und die
Kumpanen fühlten sich in ihrem dunklen Gewölbe
vollkommen sicher. Doch als Juri Hatscher eines
Abends die Falschmünzerwerkstatt verlassen woll-
te, wurde er, als er über die verfallene Treppe ans
Tageslicht kam, von einer Räuberbande überfallen.
"Ei, nun haben wir dich Geldfälscher," rief der
Bandenführer und hielt Juri Hatscher seine Pistole
an die Schläfe.
"Hatte ich doch gehört, dass ihr hier eure Taler
prägt. Nun, komm schon, komm schon und rück
deine Goldtaler heraus oder es knallt!"
Juri war so überrascht, dass er zunächst keinen
Ton herausbrachte. Der Bandenführer aber ließ
nicht locker und bedrohte ihn so heftig mit der
Waffe, dass Juri die ständige Beteuerung nichts
half, nämlich dass es hier am Ende des Ganges,
wohin ihn der Räuber gedrängt hatte, keine Tür
gebe. Um sein Leben zu retten, blieb ihm nach langem Zögern nichts anderes übrig, er mußte den
Hammer nehmen und damit das vereinbarte
Klopfzeichen gegen die Mauer geben. Als die

Mauer sich langsam zur Seite schob, waren die Räuber nicht schlecht erstaunt darüber, wie intelligent die Werkstatt gesichert war.

"Ha!" rief der Anführer.

"So geht das also. Kompliment, Kompliment! Doch uns trickst keiner aus. Vorwärts nun und her mit den Talern."

Dieses waren die letzten Worte des Bandenführers; denn im nächsten Moment sauste eine schwere Eisenstange, die Ottokar schnell von der Prägemaschine genommen hatte, auf den Kopf des Bandenführers nieder. Die Pistole entfiel ihm und er sank tot auf den felsigen Boden des Gewölbes.

Ausgelöst durch diesen Mord brach zwischen den Räubern und den Falschmünzern nun ein kurzer, ungleicher Kampf aus, denn die Räuber waren mit Pistolen bewaffnet. Die Geldfälscher jedoch hatten nichts, um sich wirksam verteidigen zu können. Nachdem die Räubern Juri Hatscher und noch einen der Falschmünzer niedergestreckt hatten, war der Weg in die Werkstatt frei und sie stürzten sich auf das glitzernde Gold, das vor ihnen lag. In dieser Verwirrung gelang es Ottokar und dem Vergolder August in ein nebenan liegendes Gewölbe zu flüchten und sich dort durch eine halb verfallene Tür den Blicken der Räuber zu entziehen.

Die beiden Fliehenden stolperten durch einen dunklen Gang, den sie bis dahin noch nie erkundet hatten. Spinnweben und von der Decke herabhängende Fledermäuse fuhren ihnen durchs Gesicht.

Steine und Felsbrocken brachten sie auf ihrem
Weg durch die Dunkelheit immer wieder zu Fall,
während sie sich an den nassen Wänden entlangta-
steten. Nach ungefähr fünfzehn Minuten erreich-
ten sie das Ende des Ganges. Durch ein kleines vergittertes Fenster, das nun endlich etwas Licht ins
Dunkel brachte, konnten sie in einen Laubwald
sehen.

"Oh Gott! das war knapp", sagte Ottokar atemlos
und setzte sich auf einen Haufen von Schutt, der
unter dem Fensterchen lag.

"Hier sind wir fürs Erste zunächst einmal sicher," seufzte er, während er sich von seinem
Schrecken erholte. In seinem Kopf ging es wirr zu
und es drängte sich ihm immer wieder die Frage
auf, wie die Räuber hinter das Geheimnis der
Falschmünzerwerkstatt gekommen sein könnten.

"Ich möchte nur wissen, sagte er zu August, wie
die Bande uns gefunden hat? Es kann nur in der
Spielhölle im Wirtshaus im Wald gewesen sein,
dass einer von uns im Suff über die Ruine irgend-
welche Bemerkungen gemacht hat, die uns verraten haben."

Und nach einer Weile fuhr er fort:

"Wir können nicht zurück; denn in der Werkstatt
liegen mindestes drei Tote. In kürzerer oder längerer Zeit wird die Polizei dort sein. Wir wissen nicht
wann und so ist die Gefahr groß, dass wir ihnen di-
rekt in die Hände laufen, wenn wir zurückgehen.
Wir müssen versuchen, hier einen Ausgang zu
schaffen."

"Wie willst du das machen ohne jedes Werkzeug. Mit den bloßen Händen werden wir die Mauer nicht schaffen." sagte August.

"Ehe wir hier verhungern, laß uns den Schutthaufen wegräumen auf dem ich sitze. Das können wir mit unseren Händen. Ich bin überzeugt, dass dieser Gang hier nicht endet. Er muß einen Ausgang haben. Wer wird einen Fluchtweg bauen, der nicht ins Freie führt? - Irgend einen Sinn muß der Gang doch gehabt haben. Und ich bin sicher, es war ein Notausgang, der weit weg von der Burg ins Freie geführt hat. Wahrscheinlich hat man später einmal den Ausgang verschüttet, damit von hier aus niemand in die Burg eindringen kann. Also laß uns graben, ehe wir von Kräften kommen."

Mit großer Mühe räumten Ottokar und August erst die größeren Brocken weg. Im Vergleich zu dem, was dann kam, ging das noch einigermaßen leicht. Viele Stunden mühten sie sich mit dem in den Jahren fest wie Stein gewordenen Kies ab, der mit allerhand Unrat versetzt war. Als endlich die Nacht hereinbrach, legten sie sich unbequem und bald auch frierend zur Ruhe. Sie hätten sicher keinen Schlaf gefunden, wären sie nicht so erschöpft gewesen. Am nächsten Morgen ging die Wühlarbeit weiter. Gegen Mittag kam in der Mauer ein Bogen zum Vorschein.

"Da, August, da schau, hier muß eine Tür sein." rief Ottokar aufgeregt."

"Mann, du hast recht, das kann nur ein Ausgang ins Freie sein. Wir haben es geschafft, wir haben es geschafft, jubelte der Vergolder. - Ich sah mich schon verhungert oder von der Polizei aufgegriffen. Nun sind wir frei." Aber Ottokar warnte.

"Nicht so schnell, August. Denn so lange es noch hell ist, können wir hier nicht raus. Wir müssen warten, bis es dunkel ist. Oder willst du so dreckig und zerlumpt, wie wir jetzt von der Arbeit sind, unter die Leute gehen. Wir würden schnell auffallen. - Aber draußen sind wir bald, das ist sicher."

Als die Nacht hereingebrochen war, verließen sie vorsichtig den Stollen und im fahlen Licht des Mondes sahen sie in der Ferne die Burgruine auf dem Felsen.

"Das haben die alten Ritter gut gemacht. In dieser Entfernung von der Burg vermutet niemand den Ausgang eines Fluchtweges," sinnierte Ottokar vor sich hin. -

"Doch horch! August horch! Ich höre Wasser fließen. Nach diesen Stunden ohne was zu essen und zu trinken habe ich einen wahnsinnigen Durst."

So tranken sie aus der klaren Quelle und wuschen sich, so gut es ging, bis August fragte.

"Und wohin jetzt? Ich weiß kein Versteck, wo wir sicher wären und länger bleiben könnten."

"Aber ich weiß eines," sagte Ottokar und er erzählte dem Vergolder von einem einsam gelegenen Häuschen am Hang des Zischkaberges.

"Das liegt so einsam an der Moldau und es gehört meinem Vater. Aber der Vater benutzt es nicht. Als Kinder haben wir dort oft gespielt, denn meine Großeltern wohnten dort, als der Großvater sich zur Ruhe gesetzt und mein Vater das Amt des Scharfrichters übernommen hatte. Das Häuschen liegt jenseits der Moldau von der Scharfrichterei aus."

August schaute den Grafen Jaroslaw fragend an.

"Du bist der Sohn eines Scharfrichters? Ich dachte immer, du wärest ein Graf. Jetzt verstehe ich gar nichts mehr."

"Beruhige dich, August. Es ist mein Geheimnis, das ich dir nicht näher erklären kann. Ich bitte dich inständig, sprich mit niemand darüber. Nur eines sage ich dir noch. Ich habe mich aus der Unehrlichkeit meiner Familie befreit. Fremde Leute haben mich an sohnesstatt angenommen und so bin ich jetzt eben ein Graf."

Die beiden Flüchtenden schlichen sich nun zum Zischkaberg, fanden das Häuschen und richteten sich dort ein.

Am nächsten Morgen schaute sich Ottokar in der Umgebung um.

"Verdammt nochmal! August, da spielen Kinder auf unserer Seite der Moldau. Das war zu meiner Zeit nicht. Wir sind nie über die Moldau gegangen. Hier wohnt doch niemand außer den Leuten vom Scharfrichterhof. Komm, wir müssen hier weg."

Sie stiegen schnell zum Gipfel des Zischkaberges auf und warteten dort, bis die Kinder verschwunden waren. Am nächsten Tag sagte Ottokar jedoch zum Vergolder:

"Wir müssen das anders machen. Wenn die Kinder wieder hier spielen und sie sehen uns, werden wir sie einfach verjagen. Ich hoffe, sie werden dann Angst haben und nicht mehr wiederkommen. Und wenn sie es meinem Vater sagen sollten, da bin ich mir sicher, er würde uns nicht verraten. August, wir müssen es darauf ankommen lassen, denn ein besseres Versteck kenne ich nicht."

\* \* \*

Wenzel entwickelte sich zu einem schweigsamen Kind. Oft saß er in einer Ecke am Ofen und schaute vor sich hin und wenn seine Mutter ihn fragte:

"Warum spielst du nicht?" dann sagte er,

"Ich muß träumen Mama. Die Welt ist so schön und ich bin neugierig. Ich möchte alles über sie wissen. Sieh die Sonnenstrahlen, die dort durchs Fenster kommen. Viele kleine, leuchtende Punkte tanzen in der Sonne. Kommen die vom Himmel? Und heute morgen war Eis am Fenster. Das sah aus wie Blumen."

Wenzel war in der Abgeschiedenheit des Scharfrichterhofes nicht einsam; denn es gab da außer ihm und seinen Geschwistern noch die Kinder der anderen Knechte. Die fünf Kinder der Cernys waren schon erwachsen.

Anna, die zwei Jahre älter war als er, spielte gern mit ihm und umsorgte den kleinen Jungen, wie das Mädchen so tun. Und wenn Sommer war, spielte er mit seinem jüngeren Bruder und seinen beiden Schwestern und vor allem mit Max, dem Sohn eines Knechtes. Sie spielten an der Moldau, die

ganz nahe am Scharfrichterhof vorbeifloß. Die
Moldau war hier sehr breit dafür aber nicht tief
und das Wasser floß, wenn nicht gerade Schnee-
schmelze war, gemächlich dahin. Max war zwölf
Jahre und immer voller Ideen. Er baute Flöße aus
dem Holz, das dort in Mengen herumlag, angeschwemmt von der Moldau, wenn sie im Frühling
Hochwasser führte. Mit Stricken verankerte Max
die Flöße an den Sträuchern und Bäumen der Ufer-
böschungen. So konnten die Kinder auf einer zwar
wackligen aber - weil selbst gemachten - für die
Kinder um so schöneren Brücke die Inseln erreichen, die im Fluß lagen. Über diese Brücken konnten sie sogar ans andere Ufer gelangen, wo sich di-
rekt vor ihnen der Zischkaberg erhob.

Hier auf halber Höhe des Berges versteckt in
einem Walde von Birken und Eichen lag das kleine
Holzhäuschen, das der Scharfrichter für seine Eltern gebaut hatte, als der Vater sich aus dem Amt
zurückgezogen und er, Janos, die Scharfrichterei
übernommen hatte. Aber der alte Scharfrichter
und seine Frau lebten schon lange nicht mehr. So
stand das Häuschen leer und war für die Kinder
über viele Jahre ein romantisches Versteck. Oft
saßen sie still auf den Stufen des Häuschens und
beobachteten von dort einen Buntspecht, der jedes
Jahr in einem der vielen abgestorbenen Bäume
eine Höhle zimmerte und seine Brut großzog.

Wenn es dann ganz still war, konnten die Kinder
manchmal in der Ferne das Spielen von Geigen
hören. Es kam von Zigeunern, die von Zeit zu Zeit

immer wieder am Fuße des Zischkaberges lagerten, dort wo Jan Zitny ihnen den Platz zugewiesen hatte. Angelockt von dem "Weinen" der Geigen schlichen sich die Kinder vom Scharfrichterhof dann an das Zigeunerlager heran und hörten versteckt hinter Büschen der Musik zu. Besonders Wenzel war von dem Spiel der Geigen und dem Gesang einer jungen Zigeunerin sehr angetan.

"Wenn ich doch auch so spielen könnte. Das würde mir gefallen. Da könnte ich etwas, was die anderen nicht können," dachte er bei sich. Und so ging er eines Morgens ganz allein über die Moldau und blieb - ohne sich zu verstecken - in einiger Entfernung zu den Zigeunern stehen, um den Geigen zu lauschen. - -

"Komm her, Junge!" sagte nach einiger Zeit die junge Zigeunerin, die zur Geige sang.

"Gefällt dir das?"

"Ja sehr, ich möchte auch fiedeln können."

Und so kam es, dass Wenzel und die Kinder vom Scharfrichterhof sich mit den Zigeunerkindern anfreundeten und mit ihnen spielten. Schließlich waren auch die Zigeuner Ausgestoßene aus der Gesellschaft.

Den Kindern von der Scharfrichterei gefiel besonders, dass die Zigeunerkinder bei all ihrer Armut ein so lustiges Völkchen waren. Es machte großen Spaß, mit ihnen die Wälder des Zischkaberges zu durchstreifen und allerhand Räuberspiele zu veranstalten und auf hohe Bäume zu klettern, von wo aus man eine gute Sicht auf Prag und die Moldau hatte. Von dort aus konnte man auch den nahe gelegenen Galgenberg sehen. Hing dort ein Gerichteter noch am Strick, kletterten die Kinder schnell von ihren Bäumen herab und rannten zum Galgen, um das grausigen Bild des Gehängten von Nahem zu sehen. Wenn aber die Zigeunerkinder mit ihren Leuten in die Stadt gehen mußten, gingen Wenzel, Anna, Max und die anderen nicht mit. Sie hatten erfahren, dass die Kinder in der Stadt stehlen müssen. Die Kinder vom Scharfrichterhof blieben dann bei ihrem Häuschen. Wenzel jedoch ging zu dem alten Zigeuner mit dem weißen Vollbart, der ihm das Geigespielen lehrte. Und es zeigte sich, dass Wenzel ein begabter Schüler war. Wenn die Zigeuner weiterzogen waren die Kinder traurig. Sie trösteten sich dann damit, dass die Zigeuner, in einem halben Jahr oder so wieder zurückkommen würden.

Den Erwachsenen in der Scharfrichterei erzählten die Kinder nichts von ihren neuen Freunden; denn die Zigeuner waren schlecht angesehen. Und so konnten sie sich vorstellen, dass man ihnen verbieten würde, mit den Zigeunerkindern zu spielen. Die Freudschaft mit den Zigeunerkindern blieb lange Zeit ihr großes Geheimnis.

Eines Tages jedoch, - Wenzel war inzwischen 13 Jahre alt geworden - als die Kinder vom Scharfrichterhof wieder zu ihrem Häuschen kamen, waren dort zwei den Kindern ganz unbekannte Männer. Die hatten schwarze Bärte und sahen auch sonst zum Fürchten aus.

"Mama, Mama", rief Wenzel, als er zum Scharfrichterhof zurückgelaufen war.

"Im Häuschen sind zwei finstere Männer! Die haben uns weggejagt."

Als das der Scharfrichter hörte, ging er los, um im Häuschen nach dem Rechten zu sehen. Und er war nicht schlecht erschrocken, als er seinen Sohn Ottokar und einen seiner Kumpanen dort entdeckte.

"Was machst du hier, Ottokar? Bist du denn von allen guten Geistern verlassen, hierher zu kommen?"

"Vater, sie sind hinter mir her. Ich mußte fliehen!"

"Wer nichts verbrochen hat, der muß sich nicht verstecken. Was hast du angestellt?"

"Vater ich bin tief gefallen. Das Studium habe ich aufgegeben - schon lange. Das war nichts für mich".

Und Ottokar erzählte nun, dass er sich einer Falschmünzerbande angeschlossen hatte. Und er erzählte auch von dem Kampf auf Leben und Tod in den Gewölben der Burgruine, wo drei Männer den Tod gefunden hatten.

Entsetzt stand der Scharfrichter vor seinem Sohn. Tränen standen in seinen Augen. Dann brachte er mühsam hervor:

"Ottokar! - - Ottokar! Ich bin ein Mann des Gesetzes und du bist mein Sohn. Aber du bist ein Mensch, der unter das Schwert gehört. Wie haben deine Mutter und ich das verdient? - - Mehr kann ich nicht sagen. Es bricht mir das Herz. Und wie soll ich das deiner Mutter erklären." Und nach einer Weile: "Versteckt euch hier, wenn ihr wollt. Ich weiß nichts davon - ich will und darf nichts davon wissen."

Als die Frau des Scharfrichters den Bericht ihres Mannes hörte, schwieg sie in stiller Trauer. Oft sah man sie nun mit verweinten Augen. Gesprochen wurde über Ottokar jedoch nie mehr. Er blieb für Janos und Zdenka tot.

Wenzel und den anderen Kindern verbot Janos Cerny streng, jemals wieder das Häuschen zu betreten, ja, jemals wieder über die Moldau zu gehen.

Die Kinder befolgten das Verbot, auch weil sie vor den verwegenen Männern Angst hatten. - Nach einiger Zeit aber siegte Neugier und Abenteuerlust über sie. Und sie schlichen sich dann doch ab und zu heimlich wieder zu den Zigeunern. Das verwunschene Haus beobachten sie täglich. Und in ihrer Fantasie stellten sie sich vor, dass dort Räuber wohnten. Diese Vorstellung war nicht abwegig; denn Ottokar und August unternahmen in der Tat während der Nacht Raubzüge, um ihren Lebensunterhalt zu bestreiten. Auch brauchten sie neue Kleider, denn ihre alten waren beim Ausbruch aus der Ruine verschlissen und unbrauchbar geworden.

Bald galten die Wälder nördlich und östlich von Prag als sehr unsicher; denn Ottokar und August hatten sich darauf spezialisiert, einsam fahrende

Kutschen zu überfallen. Die Gefahr, bei solchen Überfällen geschnappt zu werden, war nicht groß. Denn die Kutscher waren unbewaffnet und keine Helden. Sie sprangen meistens gleich von ihrem Bock, flohen in den Wald oder sie sahen sogar dem bösen Treiben zu, als ob sie nicht dazu gehörten. Die Räuber ließen diese harmlosen Burschen in Ruhe. Sie hatten von ihnen nichts zu befürchten und außerdem hatten die Kutscher nichts, was Wert hatte, bei sich.

Im Übrigen hatten Ottokar und August auch Glück. Von den Insassen der Kutschen griff niemand sie an. Es bedrohte sie niemand mit der Waffe und es schoß niemand auf sie, so dass ihre räuberischen Aktionen ungefährlich blieben.

Nachdem sie einige Kutschen ausgeraubt hatten, wagten sich Ottokar und der Vergolder August - gekleidet in vornehmer Garderobe - wieder unter Menschen. Die beiden Männer hatten sich Vollbärte wachsen lasse, hinter denen sie sich versteckten.

\* \* \*

Es war der 22. Dezember. In diesem Jahr lag in Prag besonders viel Schnee. Auch heute schneite es wieder heftig. Der Wind wehte den Hof der Scharfrichterei mit feinem Pulverschnee zu, so dass am Tage alle Arbeit ruhen mußte.

Wenzel Zitny war heute sechzehn geworden. Es war ein wichtiger Geburtstag; denn nun mußte es sich entscheiden, ob er wie sein Vater und seine Vorväter wieder Abdecker werden wollte oder ob er sich, wovon seine Eltern schon immer geträumt hatten, aus der Unehrlichkeit befreien sollte.

"Kathi, laß uns gleich mit dem Jungen sprechen, wenn er vom Füttern der Pferde und Hunde hereinkommt. Ich meine wir sollten es heute entscheiden," sagte Jan Zitny zu seiner Frau.

Wenzel schüttelte sich den Schnee von der Jacke, fuhr aus den Schuhen und nachdem er in seine warmen Socken geschlüpft war, machte er es sich in der Stube bequem.

"Wir müssen mal ernst über deine Zukunft sprechen, Wenzel," begann der Vater.

"Du bist heute sechzehn geworden. Da fangen Jungen ihre Lehre an. Du weißt, ich war deswegen im Sommer in Beroun bei Onkel Ewald Minat. Ewald ist zwar nicht dein richtiger Onkel. Er ist weitläufig mit deiner Mutter verwandt. Aber er würde uns helfen. Er will dich in die Lehre nehmen, wenn wir seine Forderungen erfüllen. Er fragte mich, ob du Lesen, Schreiben und Rechnen kannst. Das sei Voraussetzung für den Beruf des Schneiders, wenn man Meister werden wolle. Nun wir haben es dir beigebracht.

Du weißt, wenn du die Schneiderlehre bei Onkel Ewald annimmst, bedeutet das für dich und für uns die ewige Trennung. Das fällt uns sehr schwer und ich denke dir auch. Nie wieder wirst du in dieser Stube sitzen. Wenn wir alt sein werden, wirst du uns nicht versorgen können. Kurz wir geben unseren Sohn auf, damit er es einmal besser hat als wir." Wenzel unterbrach ihn.

"Vater mach es mir nicht schwer. Du weißt, dass ich das will und ich habe oft und viel darüber nachgedacht. Habe mir versucht vorzustellen, wie meine Zukunft aussehen wird, wenn ich von euch getrennt sein werde. Und ich sage euch ehrlich, oft habe ich geweint bei dem Gedanken, euch und die Geschwister zu verlieren. Aber ich bin fest entschlossen, mich zu befreien, wenn ihr mir dabei helft; denn ohne euch kann ich es nicht."

Er machte eine Pause und fuhr dann fort:

"Und ich werde nicht so undankbar sein wie Ottokar. Das verspreche ich euch heute in dieser Stunde. Ich verstehe Ottokar nicht, den ich übrigens nur einmal in dem Häuschen am Zischkaberg gesehen habe. Aber vielleicht ist das auch nicht zu verstehen für unsereinen."

Mutter Kathi hatte mit dem Nähen aufgehört und sagte:

"Schon als du noch in der Wiege lagst, Wenzel, haben dein Vater und ich gehofft und darüber gesprochen, dass du einmal diesen Schritt tun solltest. Nun ist es so weit und es ist schwerer für mich, als ich es jemals gedacht hätte."

Tränen erstickten ihre Stimme. - Nach einer Weile jedoch sagte sie noch:

"Wenn du ein guter Mensch bleibst, wie du versprochen hast, und deine Kinder gut erziehst, wirst du der Stammvater einer neuen Sippe werden, einer ehrlichen Familie. Wenzel, das tröstet mich."

Wenzel ging seit diesem Gespräch seinem Vater bei seiner schweren und schmutzigen Arbeit noch mehr zur Hand, als er es in letzter Zeit schon getan hatte. Er wollte auf diese Weise die letzten Wochen vor seinem Weggang noch so viel wie möglich mit seinem Vater zusammen sein. Abends wenn sie alle gemütlich in der Stube saßen, setzte er sich zur Mutter und ließ sich von ihr von vergangenen Zeiten erzählen. Sie erzählte ihm, dass ihr Vater Totengräber in Beroun gewesen war und ihr Großvater auch, und dass sie Minat gehießen hätten. Dann sagte sie:

"Der Meister Ewald Minat, zu dem du demnächst gehen wirst, ist ein Nachkomme des Bruders meines Großvaters. Der Großvater hatte zwei Söhne. Der Ältere wurde Schneidermeister und übernahm die Schneiderwerkstatt seines Vaters in Beroun. Sein Enkel ist Onkel Ewald. Der zweite Sohn, mein Vater, fand nichts anderes, um sich zu ernähren. Er wurde Totengräber in Beroun. Auf diese Weise ist diese Linie, die unserer Linie ist, in die Unehrlichkeit gekommen. Ich, Katharina Minat, konnte also nur unehrlich heiraten; denn aus dem unehrlichen Stand gibt es ja kein Entrinnen, wie du weißt.

Von meinem Großvater weiß ich nicht viel. Ich kenne von ihm nur eine grausige Geschichte, die mein Vater uns Kindern einige Male erzählt hat. Die Sache muß sich so vor hundert Jahren ereignet haben. Aber ich sage dir gleich, Wenzel, ich glaube nicht an diese Geschichte. Sie ist sicher erfunden. Sie gehört in die Zeit, wo man noch Hexen verbrannte. Damals glaubten die Menschen noch, dass der Teufel leibhaftig auf der Erde herumspaziere. Nun, die Geschichte geht so:

"In Beroun gab es einen Totengräber mit Namen Hans Meier. Als dieser plötzlich starb, nahm man an seinem Leibe eine höllische Glut wahr, so dass die Träger die Leiche auf dem Weg zum Grab dreimal fallen lassen mußten. Mein Großvater soll daraufhin gegen den Gehilfen des verstorbenen Totengräbers, der Georg Oscher hieß, Anzeige erstattet haben, weil ihm auch noch die außergewöhnliche Bestattungsweise einiger Leichen aufgefallen war.

Oscher wurde daraufhin festgenommen und der peinlichen Befragung ausgesetzt. Im Guten wollte er aber nichts aussagen. Er erklärte immer wieder seine Unschuld, bis der Scharfrichter vor den Augen des Angeklagten die Folterwerkzeuge auskramte und ihn dreimal aufforderte, die Wahrheit zu bekennen. Nun setzten ihn die Henkersknechte auf eine Bank und brachten an beiden Händen Daumenschrauben an, die sie mehrmals zu- und aufdrehten.

Und so ging die Tortur weiter mit Anlegen der Spanischen Stiefel und Aufziehen aufs Streckbett, bis Oscher endlich gestand, dass er und der Totengräber sich dem Teufel verschrieben hatten. Er war ihnen in Gestalt eines Menschen mit schwarzem Gesicht und Bart, mit krausen Haaren, mit Federhut und Bändern um die Schenkel erschienen. Sein linker Fuß war wie eine Krähenklaue gestaltet. - Nachdem der Satan ihren Eid entgegengenommen hatte, verschwand er unter Zurücklassen eines entsetzlichen Gestankes.

Du siehst, Wenzel, die Sache ist sehr unglaubwürdig. Aber hör trotzdem weiter, was mein Vater erzählt hat.

Der Oscher bekannte, dass er und Hans Meier die Pestilenz durch Zaubermittel ausbreiten wollten, um sich an der Hinterlassenschaft der Pesttoten zu bereichern. So schnitten sie einer Leiche die Pestbeulen aus und brannten diese eines nachts vor dem Altare der Friedhofskapelle zu Pulver, das sie ausstreuten. Unter der Folter bekannte Oscher dann auch, wie er und der Totengräber einigen toten Kindern die Hälse umdrehten und sie verkehrt ins Grab legten.

Die Pest fing daraufhin in der fürchterlichsten

Weise an zu wüten. Um sich selbst vor der Krankheit zu schützen, gestand der Oscher, kochte Meier das Herz einer an der Pest verstorbenen Frau, goß den Absud in eine aus dem Beinhause herbeigeholten Hirnschale und trank dem Oscher in des Teufels Namen zu. Erst als dem Oscher auf dem Streckbette alle Knochen aus den Gelenken brachen, gestand er auch, dass er mit derselben Hirnschale auch dem Hans Meier in des gleichen Teufels Namen zugetrunken hatte. Oscher kam auf den Scheiterhaufen.

Wenzel, ich erzähle dir das, um dir zu zeigen, wie man von alters her versucht hat, die Unehrlichen - in diesem Fall den Totengräber - mit solchen Geschichten zu demütigen; denn wahr ist diese Geschichte ganz bestimmt nicht.

Wahr ist aber eine andere Geschichte, die mein Vater erzählte:

Mein Vater wollte mit seinem Gehilfen einmal nach einer Beerdigung das Grab zuschaufeln. Das ist für Totengräber eine ganz normale Arbeit und mein Vater und sein Gehilfe dachten natürlich an nichts Ungewöhnliches. Als sie gerade angefangen hatten, hörten sie ein Rumpeln im Sarg und ehe sie sich noch darüber wundern konnten, öffnete sich der Sargdeckel und die für tot gehaltene junge Frau entstieg dem Sarg. In heillosem Schrecken lief mein Vater und sein Gehilfe davon. Sie glaubten ein Gespenst gesehen zu haben. Nach kurzer Zeit schauten sie sich jedoch um und die Tote kam auf sie zu. -

Es stellte sich heraus, dass die Tote nicht wirklich tot sondern nur scheintot gewesen war. Es soll damals aber auch Leute gegeben haben, die nicht an das Scheintotsein glaubten. Sie glaubten an eine Auferstehung von den Toten." - -

Die letzten Tage bei seinen Eltern gingen für Wenzel viel zu schnell vorbei. Als nach einem strengen Winter der Frühling gekommen war, sagte Jan Zitny eines Tages zum Scharfrichter:

"Gib mir einige Tage frei. Ich muß mit Wenzel nach Beroun zu unserem Verwandten. Du weißt, er soll dort in die Schneiderlehre."

Da zog der Abdecker nun los - schön herausgeputzt - mit seinem Sohn Wenzel an seiner Seite. Sie brauchten einen Tag bis Beroun. - - -

"Na, da seit ihr ja," sagte Meister Minat, als die beiden bei ihm eintraten.

"Hast du das Geld dabei, Jan?"

"Aber sicher, Ewald, so wie es ausgemacht ist."

"Na gut - und wie heißt das Bürschchen?"
Wenzel sagte,
"ich bin der Wenzel Korn."

"Oh, das kam ja wie aus der Pistole. Wirst du dich auch niemals versprechen? Dann gibt's nämlich ganz großen Ärger!"

"Nein, Meister Ewald, ich weiß, worum es geht. Ich hab's geübt. Ich bin und war immer der Wenzel Korn."

Meister Ewald war ein strenger Meister und oft war er auch schwierig, vielleicht auch ungerecht. Manchmal verstand man nicht, was er meinte und

wenn seine Lehrlinge es dann falsch machten, don-
nerte er durch die Werkstatt, so dass Wenzel an-
fänglich oft bange war, er könnte zuschlagen. Aber
das tat er nicht. Wenn das Gewitter sich verzogen
hatten, war der Altgeselle Johann zur Stelle. Er
kümmerte sich um den armen Sünder.

Bei Schneidermeister Ewald arbeiteten zwei Gesellen und nun auch der Lehrling Wenzel. Frau
Meisterin Anna, die das Haus betreute, sorgte für
ihre drei Kinder aber ebenso gut auch für die Haus-
genossen; denn die Gesellen und der Lehrling
wohnten im Dachgeschoß und zu den Mahlzeiten
traf man sich in der großen Küche, wo das damp-
fende Essen, das die Meisterin gekocht hatte,
immer gut mundete.

An die Arbeit mußte sich Wenzel erst gewöhnen.
Das lange Sitzen im Schneidersitz auf dem großen
Tisch gefiel ihm zuerst gar nicht. Aber er nahm es
hin. Wenzel war ja froh, nicht mehr nur an den
Scharfrichterhof gebunden zu sein. Hier in Beroun
hatte er manche Freiheit, wenn auch der Meister
streng über ihn wachte, wie es des Meisters Verant-
wortung gebot. Es gefiel Wenzel, sonntags mit
allen zur Messe zu gehen. In Prag hatte er immer
sehr aufpassen müssen, dass ihn niemand erkannte, wenn er sich neugierig in die Teynkirche
schlich.

Nach der Messe, wenn der Meister mit seinen
Zunftgenossen im gegenüber liegenden Gasthaus
saß, stand Wenzel immer noch lange mit den jungen Leuten zusammen. Da wurde gelacht und ge-

schäkert. Auch manches Mädchen, das Wenzel gefiel, war dabei. Da konnte er so manches lernen,
was ihm in seiner Kindheit nicht vergönnt gewesen
war. Wenn er gefragt wurde, woher er komme,
sagte er aus Bunzlau, denn diesen kleinen Ort bei
Prag kannte niemand.

Eines Tages bemerkte der Meister beim Mittags-
mal zu seiner Frau:

"Wenzel macht sich gut. So einen anstelligen
Burschen hatte ich selten."

Meister Ewald sagte das so nebenher; denn
Lob zu verteilen, war nicht seine Art. Und wenn er
es doch tat, war da was dran.

An einem Sonntag, als sich alle von der Last der
Woche ausruhten, kramte der kleine Pavel in
einem Schrank seiner Mutter und brachte eine alte
Geige hervor.

"Wenzel, kannst du darauf spielen?" fragte er.
Wenzel betrachtete die Saiten der Geige, die lange
nicht gespielt worden war, und sagte bedenklich:

"Vielleicht - ich denke es wird gehen, wenn ich
die Saiten spanne. Hoffentlich reißen die alten Din-
ger nicht! Dann geht nichts mehr."

Und Wenzel spielte ein Kinderlied und dann
noch eins.

"Laß mich auch mal, laß mich auch mal," bettel-
te da der kleine Pavel.

In diesem Moment ging die Tür auf und angelockt vom Spiel kam die Meisterin herein und
sagte:

"Was macht ihr denn hier? - Pavel hast du die

Geige aus dem Schrank geholt?"

"Ja Mama, der Wenzel kann darauf spielen."

"Das ist die Geige meines Vaters. Der konnte wunderbar spielen. Wenzel sag, wie ich höre, kannst du das auch. Wie kommt das?"

"Ja, Frau Meisterin. Ich habe es bei den Zigeunern gelernt, die oft am Fuße des Zischkaberges lagerten. Viele Zigeuner können fiedeln und das hört sich gut an. - Ehrlich gesagt, meine Eltern wußten das zuerst nicht; denn mein Vater mußte die Zigeuner immer aus der Stadt verjagen. Das gehört zu seiner Arbeit. Eines Tages aber ist es herausgekommen und meine Mutter hat von Ferne meinem Fiedeln bei den Zigeunern zugehört. Sie war ganz begeistert. Seit dieser Zeit durfte ich, wann immer ich wollte, zu den Zigeunern über den Fluß, um dort die Geige zu lernen."

"Nun gut," sagte die Meisterin. "Solange du hier bist kannst du die Geige benutzen und uns damit unterhalten. Ich werde es dem Meister sagen. Der liebte das Geigenspiel meines Vaters immer sehr."

\* \* \*

Ottokar und August meinten nach einigen Monaten, dass nun genug Wasser die Moldau hinuntergeflossen sei und die Sache in der Burgruine bei der Polizei vergessen sein sollte. Sie verließen also das Häuschen am Zischkaberg und begaben sich neu ausstaffiert mit den geraubten Kleidern zunächst in das Wirtshaus, wo Ottokar früher seine Falschspielerei betrieben hatte. Ottokar hoffte, nicht erkannt zu werden. - - Jedoch nach einiger Zeit sagte einer seiner ehemaligen Kumpanen plötzlich:

"Schau her, bist du nicht der Graf von Liderowsky? Mann, hast du dich verändert - mit dem Bart, das steht dir gut. Wo warst du so lange, Jaroslaw? Wir vermuteten dich im Gefängnis. Warst du nicht bei dem Kampf in der Ruine Rakonitz dabei? Wo es drei Tote gab. Es wurde so etwas gemunkelt."

"Na so was! Wie kommst du denn darauf? Ich habe doch nichts mit den Falschmünzern zu tun. Ich war in Ungarn, wo ich einen geheimen Auftrag zu erledigen hatte. Ich bin ein Ehrenmann. Das solltet ihr wissen. Wenn ich als Graf hier in dieser Spelunke verkehre, dann nur weil ich das Glücksspiel liebe. - Na ja, ich geb's ja zu, ich bin dem verdammten Spiel verfallen. - Und natürlich komme ich auch wegen Monique. Die kleine Französin hat es mir doch angetan. Ist sie noch da?" Fragte er scheinheilig, obwohl er sie längst gesehen hatte"

"Natürlich dort in der Ecke sitzt sie; hat einen Freier bei sich. Heute wirst du mit ihr nichts anfangen können."

So gab sich Ottokar an diesem Nachmittag dem Kartenspiel hin, nicht ohne zu versuchen, mit seinen alten Tricks jemanden abzuzocken. Aber da ihm für seine Tricks der zweite Mann, sein erschossener Freund Juri Hatscher, fehlte, wäre ihm das Falschspielen an diesem Nachmittag beinahe schlecht bekommen. Sein Trick funktionierte nicht und einer, den er früher schon einmal betrogen hatte, stutzte und erkannte Ottokar trotz seines Vollbartes und seines riesigen Schnäuzers wieder. Ottokar wurde es zu heiß. Er warf die Karten auf den Tisch und ein paar Münzen hinterher und verschwand, ehe der Betrogene noch wußte, wie ihm geschah.

Einige Tage später näherten sich Ottokar und August dann auch vorsichtig dem Ort ihres Verbrechens, dem Ort, wo damals der Kampf auf Leben und Tod stattgefunden hatte. Und siehe da, sie trafen im Gewölbe der Ruine Rakonitz den Formstecher Zarosky und einen Kumpanen, der den Kampf seinerzeit überlebt hatte.

"Seit ihr nicht im Gefängnis?" fragte Ottokar entsetzt. "Oh nein, uns glückte die Flucht in dem Durcheinander, das du mit der Eisenstange angerichtet hattest. Zuhilfe kam uns auch die Gier der Räuberbande, die so fasziniert nach dem Gold suchte. Die Polizei kam wohl erst, als wir schon über alle Berge waren. Wir jedenfalls haben keinen Polizisten gesehen."

"Das ist ja großartig! Dann fehlt uns von den wichtigen Leuten ja nur Juri, der arme Juri Hatscher."

Es stimmt doch, daß Juri zusammen mit einem unserer Kumpanen von der Räubern getötet wurde, nachdem ich den Räuberhauptmann erschlagen hatte?"

"Ja" nickte Zarosky." und sagte:

"Das war verdammt gefährlich, was du da gemacht hast. Die schossen ja wie wild um sich, als der Bandenführer in seinem Blut lag. Da konnten noch mehr von uns getroffen werden."

Ottokar wunderte sich, dass alle Geräte zur Herstellung des Falschgeldes noch an ihrer alten Stelle standen. Die Polizisten, die erst am nächsten Tag von der Sache Wind bekommen hatten, hatten wohl, weil die Räuber das gesamte Falschgeld und auch das Gold mitgenommen hatten, nicht vermutet, dass die Werkstatt noch in Betrieb gewesen war. So konnten Ottokar, der sich noch immer Graf Jaroslaw von Liderowsky nannte, zusammen mit seinen Kumpanen bald wieder das Prägen falscher Münzen beginnen.

Ottokar meinte bei der guten Tarnung hinter der Felsentür, würde die Polizei im wahrsten Sinne des Wortes vor die Wand laufen, sollte sie den Ort noch einmal einer Inspektion unterziehen. Die Polizei wußte ja nicht, dass man die Felswand bewegen konnte, denn sie stand damals offen, als die Polizisten zu den Ermordeten kamen. Die Falschmünzer beschlossen jedoch, sich sehr vorsichtig in der Ruine zu bewegen. - - -

Nach einigen Tagen besuchte Ottokar auch Hermine.

"Das kann nicht sein!"

rief sie erstaunt, als der Graf bei ihr eintrat. "Wo warst du die ganze Zeit? Ich dachte du wärest tot. Irgendwie verunglückt vielleicht? - Nein, so solltest du dich nicht von mir verabschiedet haben," sagte sie gekränkt.

Graf Jaroslaw von Liderowsky war erfreut, dass Hermine ihn nicht mit der Aushebung der Geldfälscherbande in Verbindung gebracht, und dass sie keinen Verdacht geschöpft hatte. So sagte er munter.

"Hermine, liebste Hermine, es tut mir sehr Leid. Ich konnte dich damals nicht benachrichtigen."

Und nun tischte er wieder seine alte Lüge auf:

"Ich war in geheimer Mission in Ungarn. Graf Kaunitz schickte mich. Es kam ganz plötzlich. Mehr kann ich nicht sagen. - Aber nun bin ich ja wieder da. Ich freue mich sehr, dich so munter zu sehen!"

Hermine verzieh ihm fürs Erste. Sein Anblick versöhnte sie und sie verbrachten noch einen schönen Abend und eine noch schönere Nacht zusammen. Aber es war das letzte Zusammentreffen Hermines mit Ottokar. Während seiner langen ihr ganz unverständlichen Abwesenheit waren ihr immer wieder Zweifeln an der Ehrlichkeit des Grafen gekommen und ihr Herz wurde von diesen Zweifeln gequält. Und da ihr Vater sie auch täglich drängte, sich für den Grafen Miroslaw Wolkonski zu entscheiden, schrieb sie der Vernunft und nicht dem Herzen folgend an ihren Grafen Jaroslaw den Abschiedsbrief.

"Geliebter Freund!

Ich hätte gewünscht, Dir das, was ich hier schreibe, mündlich zu sagen, um Deinen Trost zu haben und die Seligkeit eines letzten Anblicks des Mannes, an dem ich mit zärtlicher Liebe hänge. - Allein der Schmerz unserer Trennung wäre zu groß für uns beide gewesen. So teile ich Dir - um uns solches Wehe zu ersparen - unter Tränen brieflich mit, dass ich dem dringenden Wunsch meines Vaters folgend die Braut des Grafen Miroslaw Wolkonski bin. Ich werde ihm meine Hand reichen, ohne ihm mit derselben zugleich auch meine Liebe zu geben. - Meinem Vater bringe ich das Opfer meines Herzens und meines Lebensglücks.

Wenn auch die Pflicht mich an den Grafen Wolkonski binden wird. Meine Liebe gehört Dir. Die Pflicht fordert gebieterisch, dass ich von Dir Abschied nehme auf immer. Aber ich hoffe nur für dieses Leben. Im Lande der Verklärten werden wir uns wiedersehen - dort, wo wir ohne Furcht vor Trennung sein und bleiben werden.

In inniger Liebe Deine Hermine.

Als Ottokar diesen Brief erhielt, war er sehr erstaunt und traurig zugleich. Er hatte sich nicht träumen lassen, dass Hermine ihn verlassen könnte. War doch ihr letztes Schäferstündchen nach seiner Rückkehr so harmonisch, so innig verlaufen. - Was war geschehen? Hatte sie etwa doch Verdacht geschöpft, dass mit ihm etwas nicht stimmte? Er wollte es wissen!

So beschloß er, so bald als möglich noch einmal mit ihr zu sprechen, um sie umzustimmen. Dazu kam es jedoch nicht mehr. Als er sich gerade auf den Weg zu ihr machen wollte, faßten ihn die Häscher und der falsche Graf Jaroslaw von Liderowsky wurde in den Kerker geworfen.

\* \* \*

Nun war der Tag des Abschieds gekommen. Wenzel Korn hatte mehr als vier Jahre bei Meister Ewald in Beroun gelernt. Als Gesellenstück hatte er für sich einen neuen Wams anfertigen dürfen. Angetan mit diesem, sein Felleisen\* umgehängt, stand er nun da, um Abschied zu nehmen. Meister Ewald gab ihm die Hand und sagte: "Du wirst es gut machen, das weiß ich. Paß gut auf dich auf," und drückte ihm einen Taler in die Hand.

"Danke, Meister, danke für alles. Ich gehe nicht leichten Herzens, aber es muß ja sein." Als er sich zur Meisterin wandte, umarmte sie ihn.

"Deine lustige Fiedel wird mir fehlen. Wir haben immer so schön dazu gesungen. Laß mal was von dir hören," sagte sie, und wer genau hinschaute, konnte Tränen in den Augen der Meisterin sehen. Dann wandte er sich schnell dem Gesellen Johann zu und gab auch den Kindern die Hand zum Abschied. Winkend sich umwendend rief er:

"Ich gehe nach Eger." - -

Für Wenzel begann nun eine neue Zeit. Er ging auf Wanderschaft, wie die Sitte es gebot.

Es war ein warmer Tag im Mai. Die Straße war staubig. Als die Nacht hereinbrach, klopfte er bei einem Bauern an.

"Ein Wanderbursch bittet um ein Nachtquartier," sagte er.

"Geh' dort in der Scheune, da ist schon einer. Morgen früh kommt ihr in die Küche. Die Frau gibt euch was zum Frühstück."

In der Scheune traf Wenzel einen Zimmerergesellen, der auch auf der Walz war. Der war ihm aber nicht ganz geheuer, denn Wenzel sah sofort, dass er ein geschlitztes Ohr hatte. Vor solchen Leuten hatte Meister Ewald ihn gewarnt.

"Wenn du so ein Schlitzohr triffst," hatte der Meister gesagt, "dann denke daran. Das ist ein Zeichen dafür, dass dieser etwas Unrechtes getan hat."

So wußte Wenzel, dass man straffälligen Zimmerleuten den Ohrring herausriß, wenn sie eines Deliktes überführt waren. Die Zimmerleute trugen nämlich als Zeichen ihrer Zunft im linken Ohr einen goldenen Ring.

Durch diese Begegnung war Wenzel gewarnt. Als der Zimmermann die Scheune verlassen hatte, nähte er den goldenen Taler, den ihm Meister Ewald geschenkt hatte, zur Sicherheit in den Saum seines Wamses. Dann zog er weiter und erreichte gegen Abend Eger. Es gefiel ihm hier sofort; denn die Stadt hatte sehr schöne Häuser. Bald fand er auch eine Schneiderwerkstatt.

"Hier könnte es gut sein," dachte er und klopfte an die Tür. Als er eingetreten war, sagte er sein

Sprüchlein auf:

"Grüß Euch Gott,
Herr Meister und Frau Meisterin.
Ein Schneidergesell auf Wanderschaft
sucht Arbeit, Tisch und Bett.
Möcht' lernen, wie ihr's haltet
mit Nadel, Faden, Scher'.
Werd' weiterziehn, wenn's euch gefällt,
zu seh'n die weite Welt" - - -

"Komm' näher," sagte der Meister.
Wenzel gab ihm seinen Wanderbrief, den ihm
die Zunft der Schneider in Beroun ausgestellt hatte
und das Wanderbuch.
"Oh, du fängst ja gerade erst an, kommst aus Beroun," sagte der Meister. - -
"Nun ja, es paßt mir. Du kannst anfangen."
Wenzel blieb ein halbes Jahr. Als er von Eger
weiter ziehen wollte überkam ihn das Heimweh.
"Warum soll ich nicht noch mal nach Prag gehen,
ehe ich aus Böhmen ganz verschwinde und ins
Preußische ziehe. Dann ist es für immer zu spät,
noch einmal die Eltern zu sehen." So sprach er zu
sich selbst.
Wenzel ging also den Weg zurück, den er vor
Jahren gekommen war. Als er Prag erreicht hatte,
wartete er den Abend ab. Als es dunkel geworden
war, schlich er sich außerhalb der Stadtmauer zum
Zischkaberg. Ein Floß, das noch aus seinen Kinder-
tagen dort verankert war, benützte er, um die Mol-

dau zu queren. Alte Erinnerungen an die Zigeuner und das Geigen stiegen auf. - Dann klopfte er an die Tür und trat ein.

"Wenzel," rief seine Mutter, "was machst du hier?"

"Ich bin wieder auf der Walz und möchte nur eine Nacht hier bleiben, um Euch noch einmal zu sehen." Er sagte das schnell und ohne Gruß, damit die Eltern nicht erst glauben sollten, er käme womöglich für immer zurück. Es wurde eine lange, glückliche Nacht. - -

Nach kurzem Schlaf zog Wenzel am nächsten Morgen schon bei Sonnenaufgang weiter. Niemand außer seinen Eltern hatte ihn gesehen. Wenzel wollte nach Glatz. Dort in Schlesien war der Siebenjährige Krieg gerade zu Ende gegangen. Schlesien und die Grafschaft Glatz waren preußisch geworden. In Preußen war das Verdikt der Unehrlichkeit aufgehoben. Das zählte.

Über Königgrätz und Nachod kam er nach drei Tagen ins Glatzer Gebirge. Es war ein milder Sommerabend, als er im Tal der Weißtritz unter der Hummelburg daherzog und die Neiße erreichte. Da plötzlich erstrahlte in der Ferne das befestigte Schloß von Glatz in der rötlichen Abendsonne.

Das ist ja eine Stadt wie Prag mit einer Burg hoch oben auf einem Felsen und mit einer Stadtmauer und Türmen, dachte er bei sich.

Als er ans Böhmische Tor kam, war dieses von preußischen Soldaten bewacht, die ihm Halt geboten.

"Wo kommst du her und was willst du hier?" fragte der Wachhabende barsch.

"Ich bin ein Handwerksbursche auf der Walz und komme aus Eger," erwiderte Wenzel.

"Dann bist du ein Österreicher. Die lieben wir hier gar nicht sehr."

"Nein, nein ich bin ein Böhme geboren in Prag. Seht hier ist mein Wanderbrief," sagte Wenzel

"Nun gut, wenn du ein Böhme und auf der Walz bist, dann lasse ich dich durch."

Wenzel erfuhr, dass die Preußen fürchteten, österreichische Spione könnten in die Stadt eindringen und die Modernisierung der Glatzer Festung ausspionieren, die der Preußenkönig Friedrich befohlen hatte. Denn wenn auch die Waffen schwiegen, das Mißtrauen zwischen den Preußen und den Österreichern war noch immer groß. Und da auch Glatz vor den Schlesischen Kriegen österreichisch gewesen war, schlug das Herz eines Teiles der Glatzer Einwohner noch immer für ihre österreichische Kaiserin.

Als Wenzel weiterging, sah er, dass Glatz nicht nur ein militärisches Bollwerk auf dem Felsen über Stadt hatte. Die ganze Stadt war ein Militärlager. Überall sah man Soldaten, in den Straßen, in den Tavernen und vor allem natürlich oben auf der Festung.

Wenzel war froh, dass der Krieg zu Ende war. Er hätte sonst Gefahr laufen können, zum Kriegsdienst in die preußische Armee gezwungen zu werden; denn der Krieg ernährt den Krieg - sagte der Volksmund. Wo er stattfand war man unversehens mit dabei.

Am Ring, dem großen Platz, auf dem in der Mitte das Rathaus steht, fand Wenzel den Meister Ernst Hauk. Dort lebte er sich schnell ein, denn Wenzel war mittlerweile ein weltläufiger Mann geworden. In der alten Stadt, wo sich zwei uralte Handelswege trafen und wo deshalb auch schon seit Menschengedenken eine Burg die Wege bewachte, war immer etwas los. Es war mehr los, als in den anderen Orten, die Wenzel gesehen hatte. - - -

Als Meister Hauk am 4. März vor seiner Schneiderei in der Nachmittagssonne steht, beobachtet er das Hin- und Herlaufen von Soldaten vor der Kommandantur, die gegenüber am Oberring liegt. Und da weiß er auch sofort, was sich dort ereignet.

Man hatte versucht, es geheim zu halten, um jedes Aufsehen in der Stadt zu vermeiden; aber das gelang nur sehr unvollständig. Von der Festung waren Gerüchte in die Stadt gesickert, die etwas vom Einzug einer Giftmischerin als Festungsgefangene wissen wollten.

"Laßt die Arbeit mal liegen und kommt raus! Vor der Kommandantur trifft eben die Giftmischerin ein, die hier auf der Festung eingelocht werden soll," rief der Meister in seine Werkstatt.

Meister Hauk und seine Gesellen überqueren schnell den steil ansteigenden Platz und kommen auch gerade noch zurecht, um zu sehen, wie die Giftmischerin aus der Kutsche steigt. Hoch erhobenen Hauptes, wie eine unschuldsvolle Märtyrerin in Samt und Seide gekleidet, schreitet sie unter Bewachung durch das Domtor zum Donjon hinauf. Hier hat der Kommandant zwei der besten Kasematten als Stuben für sie vorbereiten lassen. Viel mehr können die Bürger an diesem Tage nicht erfahren. Nur die Vermutung, dass die Giftmischerin zu lebenslanger Festungshaft verurteilt worden ist, scheint sicher. Dieses Wenige aber ist es, was die Gemüter bewegt und was die Neugier anreizt. Dabei sind Gefangene auf der Festung Glatz nichts Ungewöhnliches. Man hat über die Jahrhunderte immer Gefangene dort oben gehalten, darunter auch manchen Prominenten. Um 1600 den Georg Poppel von Lobkowitz, der Kaiser Rudolph II. nach dem Leben getrachtet haben soll oder nicht viel später den wegen politischer Umtriebe inhaftierten Baron Wenzel von Kinsky. Und dann zu Zeiten des großen Königs den berühmten Friedrich Freiherrn von der Trenk, der, wie der Kinsky, der Haft entspringen konnte. Vor allem aber erinnern sich die Leute heute noch lebhaft an den Räuberhauptmann Exner, der im ganzen Land wegen seiner Untaten ebenso gefürchtet wie bewundert war, und der auch unter dramatischen Umständen fliehen konnte. - Nun aber, eine Frau hatte man unter den Gefangenen bisher noch nicht gehabt.

Die Neugierde der Glatzer Bürger wurde bald befriedigt; denn Charlotte Ursinus, so hieß die Gift-

mischerin, lüftete das Geheimnis ihrer Festungshaft selbst. Nachdem sie sich einige Wochen an
ihre Haft gewöhnt hatte, bestellte sie sich den
Schneidermeister Hauk, um einige Änderungen an
ihren Kleidern vornehmen zu lassen.

Sie konnte sich das leisten, denn der Festungs-
kommandant gewährte ihr erstaunlich viel mehr
Freiheiten, als für eine solch hochkarätige Gefangene sonst üblich waren. Außerdem hatte das Gericht in Berlin ihr zugestaden die beträchtliche
Summe von 59 Reichstalern im Monat von ihrem
Vermögen ausgeben zu dürfen. So ist sie in der
Lage, sich eine Gesellschafterin zu halten, die für
sie in der Stadt Kontakte zu den wohlhabenden
Damen des Bürgertums herstellt. Zu solchen Gele-
genheiten erscheint die Gefangene dann in makel-
loser Garderobe.

Meister Hauk nahm seinen Gesellen Wenzel mit
zur Giftmischerin.

"Komm mit," sagte er, "du sollst die Festung mal
von innen sehen und außerdem hat man von dort
oben eine gute Aussicht auf das schöne Glatzer Gebirge."

Als die Schneider bei der Gefangenen eintraten,
waren sie sehr erstaunt, in welchem Luxus die Geheimrätin, wie sich die Ursinus gern anreden ließ,
lebte. Die dunklen Kasematten, die nur winzige
Fensterchen hatten, machten einen vornehmen
Eindruck. Die Regierung in Berlin war angefragt
worden, ob die Ursinus ihre kostbaren Möbel mit-
nehmen dürfte und es war nach langem Hin und

Her genehmigt worden. Teure Mahagonimöbel und schweres Tafelsilber, viele Bilder an den Wänden und Teppiche, ja sogar ein Pianoforte, schmückten die sonst so kahlen und ungemütlichen Kasematten, die ihr als Stuben dienten.

Die Anproben und Änderungsvorschläge für ihre Kleidung dauerten nicht lange. Dann aber konnten Meister Hauk und sein Geselle noch nicht gehen. Die Giftmischerin bat sie zu bleiben und erzählte ihnen nun lang und breit ihr Schicksal, nicht vergessend, immer wieder ihre Unschuld zu beteuern. Mehr als eine Stunde lauschten der Meister und sein Geselle ihrer Geschichte. -

Als Wenzel dann abends in der Taverne an der Ecke zum Brücktorberg mit den Glatzer Handwerksgesellen zusammen saß und sein Weizenbier trank, sagte einer, der von Wenzels Besuch bei der Ursinus gehört hatte:

"Wenzel, du warst doch heute bei der Giftmischerin. Erzähl mal, wie das dort war. Hat sie was von dem Giftmord erzählt?"

"Ja, da kann ich euch mehr berichten, als ihr glaubt. Eine Stunde lang hat die Geheimrätin, wie sie genannt werden will, meinem Meister und mir ihr Schicksal mit bewegten Worten und oft zu Tränen gerührt ausgebreitet, zwischendurch immer wieder ihre Unschuld beteuernd. Sie wollte gar nicht wieder aufhören. - -

Oh, das ist spannend, rief da einer der Handwerksburschen dazwischen. Erzähl! Erzähl!

Nun, wenn ihr es hören wollt. Der Geheimrätin -

übrigens eine lebenslustige Person - wurde wegen des Giftmordes an ihrem ältlichen Gatten, dem Geheimen Justizrat und Regierungsdirektor Ursinus in Spandau, verurteilt. Das aber war nicht alles. Ihr wurde auch vorgeworfen, ihren Geliebten, einen preußischen Hauptmann und vor allem auch ihre reiche Erbtante in Charlottenburg vergiftet zu haben.

Herausgekommen war die Sache, als ihr Bediensteter Verdacht geschöpft hatte. Offensichtlich bemerkte die Geheimrätin das und wollte deshalb auch ihn vergifteten. Der aber war schlau und trank das vergiftete Getränk nicht. Er ging zur Polizei. In dem Getränk fand die Polizei Arsen." -

"Und woher hatte die Geheimrätin das Arsen?" fragte der Apothekerlehrling ganz interessiert dazwischen.

"Man kann solches Gift doch nur in einer Apotheke kaufen! Und dort muß doch der Giftabholende vom Apotheker in ein Buch eingetragen werden. Hat sie das auch erzählt?" -

"Ja sicher, die Ursinus hat alles sehr genau erzählt, um sich zu rechtfertigen. Sie meinte eben, es sei ihr zum Verhängnis geworden, dass sie just einige Tage vor dem letzten Mord - sie sagte natürlich Todesfall - in einer Spandauer Apotheke Arsen zur Mäusevertilgung geholt hätte. Es wären in ihrer Wohnung eben so viele Mäuse gewesen." - -

\* \* \*

Nach einigen Monaten wanderte Wenzel weiter. Bei jedem Meister blieb er drei oder auch sechs Monate, bis er eines Tages nach Sagan kam. Auch diese Stadt gefiel ihm ausnehmend gut. Sie hatte ein Schloß mit einem großen Park und eine wuchtige Kirche mit einem Kloster. Auch hier schien was los zu sein. Abgesehen von Prag und Glatz hatte Wenzel eine so schöne Stadt noch nicht gesehen. Als er sich auf dem Marktplatz umsah, in dessen Mitte wie immer in den schlesischen Städten das Rathaus stand, entdeckte er an einer Ecke des Platzes dort, wo die Dorotheenstraße einmündet, den Schneider Riedel. Hoflieferant stand über der Tür. Er wohnte in einem vornehmen Bürgerhaus, dessen Renaissancegiebel zum Markt schaute. Es sah alles so gut aus, dass Wenzel sich schnell entschloß anzuklopfen. Er sagte sein Sprüchlein auf - und durfte eintreten. Meister Riedel musterte ihn kurz, dann sagte er:

"Du bist hier in einer größeren Schneiderei und zudem bin ich Hofschneider beim Herzog Peter Biron zu Kurland, der hier auf dem Schloß wohnt. Wir machen alle Kleider für die Damen und Herren am Hof. Da wird Qualität und Können verlangt. Wenn du dir das zutraust, kannst du bleiben. Ich kann Hilfe gerade jetzt gut gebrauchen; denn in sechs Monaten heiratet die Prinzessin Dorothea. Da gibt es sehr viel für uns zu tun."

Wenzel sagte: "Meister Riedel, das trifft sich gut. Ich bin nun seit mehr als vier Jahren auf der Walz. Ihr könnt es in meinem Wanderbuch sehen. Ich habe viel gesehen und viel gelernt in dieser Zeit. Nun denke ich, sollte ich einen Meister suchen, bei dem ich mein Meisterstück machen kann. Vielleicht geht das hier bei euch, Meister Riedel?"

"Nun, - Wenzel Korn, fang erst mal an, dann werden wir weiter sehen. Gehen täte das schon."

Frau Maria nahm Wenzel nun in ihre Obhut. Im zweiten Stock, wo die zwei Gesellen wohnten, gab sie ihm ein Bett. Darüber unterm Dach wohnten die beiden Lehrlinge. Beim Abendbrot mußte Wenzel erzählen. Sehr gespannt hörten die drei Töchter der Riedels zu. Als der Meister ihn nach seinem Vater fragte, sagte Wenzel:

"Der ist Schäfer in Bunzlau bei Prag."

"Dann bist du ja schon weit gewandert - von Böhmen über Glatz ins Preußische. Hier sind andere Verhältnisse als in Böhmen. Das wirst du noch merken. - Warum hast du eigentlich nicht in Prag gelernt? Da gibt es doch genug Schneider."

"Der Meister Ewald Minat in Beroun ist ein Verwandter meiner Mutter. Da lag es nahe, dort zu lernen."

Zum Altgesellen meinte der Meister nach einer

Weile:

"Caspar, du nimmst den Wenzel jetzt am Anfang erst einmal unter deine Obhut. Du wirst ja schnell sehen, ob er es kann. - Dann Wenzel, mußt du allein laufen."

Im Gegensatz zu Meister Ewald, seinem Lehrmeister, war Meister Riedel nicht so verschlossen und er war überhaupt umgänglicher. Das merkte Wenzel schon am ersten Abend.

Einige Wochen später, Wenzel hatte sich schon gut in Werkstatt und Familie eingelebt, sagte die Meisterin beim Abendbrot zum Meister.

"Carl, auf dem Markt hörte ich heute, dass der Herzog Spielleute sucht. Geiger, einen Trommler und einen Hornbläser, vielleicht auch noch andere Instrumente. Die sollen bei der Hochzeit seiner Tochter Dorothea aufspielen. Die vier Musikanten, die Herzog Peter jetzt hat, sind ihm für dieses große Fest zu wenig."

Darauf schaute die Meisterin ihre älteste Tochter an und sagte:

"Josepha, traust du dir zu, mit deiner Geige mitzumachen? Das wäre doch schön."

"Oh Gott," sagte Josepha. "Ob ich das wohl kann? Ich habe bisher doch immer nur für mich gespielt."

"Ach was, der Herzog wird sicher auch einen neuen Dirigenten suchen, der mit dem Orchester üben wird. Dann lernst du das Zusammenspielen. So musikalisch wie du bist, schaffst du das," sagte die Meisterin stolz. - -

Da ließ sich Wenzel hören:

"Frau Meisterin, in aller Bescheidenheit - mit der Geige kann ich auch umgehen. Nur, ich habe keine Fiedel."

"Was sagst du da?" fragte der Meister, "wo hast du das Geigen denn gelernt?"

Jetzt wurde es Wenzel ungemütlich. Konnte er sagen, dass er das Fiedeln bei den Zigeuner gelernt hatte? Bei den Zigeunern! Da würde man doch sofort fragen, was er als Handwerksbursche mit diesem unehrlichen Pack zu tun hatte. Nein, das konnte er nicht wagen; denn im Gegensatz zu dem mit seiner Mutter verwandten Meister Ewald wußte Meister Riedel ja nichts von seiner unehrlichen Abkunft. Er würde sich sofort verraten. Seine Abkunft von einem Feldmeister glaubte Wenzel unbedingt verschweigen zu müssen. Als Wenzel nicht antwortete und dazu noch eine verzweifelte Miene aufsetzte, fragte der Meister.

"Na, was ist, Wenzel? willst du mir das nicht sagen?"

Da half nun nichts. Wenzel wollte nicht lügen. Er mußte eine ehrliche Antwort geben.

"Ich habe es bei den Zigeunern gelernt," sagte er leise und kleinlaut. - - - Der Meister brummte nur, sagte aber vorerst nichts. Am Tisch verbreitete sich ein betretenes Schweigen. Doch schon nach einigen kurzen Augenblicken beendete der Meister die Peinlichkeit, indem er die Frage nicht weiter verfolgte und sagte:

"Josepha, hol' deine Geige. Wenzel soll uns was

vorspielen."

Wenzel nahm das Instrument, stimmte es kurz und zum Erstaunen aller spielte er so flott darauf los, als wäre er der Mozart selbst.

"Gut, sehr gut" sagte der Meister.

"Wir haben zwei Geigen im Haus. Eine spielt Josepha, die andere werde ich für dich herrichten lassen. Maria, bitte bring sie morgen zum Geigenbauer." -

Der Altgeselle Caspar merkte bald, dass der Neue auf seiner Walz viel gelernt hatte und so konnte Wenzel unter der Anleitung des Meisters und des Altgesellen ziemlich frei arbeiten.

Die Kleider, die in Meister Riedels Werkstatt genäht wurden, waren sehr aufwändig und auch teuer. Wenzel wunderte sich ein über das andere Mal. Auf seiner Walz hatte er so etwas noch nicht erlebt. Die Kleider für die vornehmen Damen wurden aus Seide, Brokat und Chiffon gefertigt, aus Stoffen, von denen Wenzel wohl schon gehört, die er bisher aber noch nie gesehen und verarbeitet hatte. Und die Stoffe für die Herren kamen oft aus Manchester. Das war das Beste, was es in Europa gab.

Wenzel merkte jetzt, dass er auf der Walz immer nur bei kleinen Krautern gearbeitet hatte. Hier bei Meister Riedel war alles anders. -

Wenn die Damen vom Hof in die Werkstatt kamen, um sich ihre Kleider machen lassen, war Josepha gefragt. Sie nähte zwar in der Werkstatt wie alle anderen, aber wenn die Damen des Hofes kamen, mußte sie ihnen beim Anprobieren der Kleider helfen. -

Wenzel gefiel es sehr, dass Josepha immer in der Werkstatt anwesend war. Während der Arbeit schaute er schon mal zu ihr hin, und wenn sich ihre Blicke trafen, lächelte sie. Das traf Wenzel dann mitten ins Herz, denn er mochte Josepha vom ersten Tage an. Mochte sie ihn denn auch? -

Eines Tages konnte Wenzel durchs Fenster sehen, dass eine vornehme Kutsche auf dem Marktplatz hielt.

"Wer ist denn das?" fragte er schnell einen Gesellen.

"Oh, das ist der Herzog, Seine Durchlaucht!"

"Sag, muß ich den so anreden?"

Da aber hatte Meister Riedel schon die Tür aufgerissen und sich tief verbeugt. Als der Herzog die Werkstatt betrat, grüßte der Meister:

"Einen guten Morgen, Durchlaucht"

"Guten Morgen, Meister Riedel," sagte der Herzog. Dann schaute er sich in der Werkstatt um und auf Wenzel weisend bemerkte er:

"Ah, habt ihr da einen Neuen?"

"Ja, Durchlaucht, das ist der Wenzel Korn, ein Gesell auf Wanderschaft."

Dann ging man zum Geschäft über. - - -

Nach einigen Tagen brachte der Geigenbauer die mit neuen Saiten und Steg ausgerüstete Geige für Wenzel. Am Abend sahen die Mädchen sie auf der Kommode liegen. Da sagten sie:

"Wenzel spiel! Wir wollen hören, wie die Fiedel

klingt." Es wurde ein lustiger Abend. Alle hörten und schauten zu und die kleine Anna tanzte zu den Melodien, als auch Josepha mit ihrer Geige eingefallen war.

Am nächsten Morgen sagte Josepha: "Wenzel, wenn du mit mir das Fiedeln übst, kann es sein, dass ich beim Herzog auf der Hochzeit spiele. - Aber nur wenn auch du mitmachst. Da habe ich mehr Mut."

Das gefiel Wenzel gut. Denn er hatte sich tatsächlich heimlich in Josepha verliebt. Nun hoffte er viel mit ihr zusammen sein zu können. - So war das Glück von Wenzel Korn fast perfekt. An den Abenden und Wochenenden hörte man im Hause Riedel die beiden jetzt oft gemeinsam auf ihren Geigen für das Fest üben. Sie hatten sich beim Rentmeister des Herzogs gemeldet, hatten vorgespielt und durften im Orchester mitspielen. -

Wenzel wollte immer wieder und wieder Walzer spielen, wenn sie übten. Denn das war eine Musik mit Schwung, die das Blut in Wallung brachte. Er war dann richtig ausgelassen, tanzte die Geige spielend im Zimmer umher und machte dabei allerhand akrobatische Kunststücke, so dass Josepha vor Lachen ihr Spiel unterbrach. Dann legte auch er seine Geige weg, nahm sein Liebchen in den Arm und küßte es. Bis Josepha flüsterte: "Nicht so lange, nicht so lange, Wenzel. Die Mutter könnte merken, dass wir nicht spielen und hereinkommen, um nachzusehen, was wir machen." -

Dann spielten sie schnell wieder ein Stückchen

oder zwei. Doch nach einer Weile küßten sie sich
wieder und wieder - so lange, bis Josepha der Mutter wegen erneut mahnte. So ging das oft eine
Stunde und mehr. Dann schauten sie sich in die
Augen und Wenzel flüsterte:
"Josepha, die Musik, die Musik die macht uns
glücklich."
Eines Abends kam es dann, wie es kommen
mußte. Die kleine Anna stürmte ins Zimmer, um
etwas zu holen. Wie angewurzelt blieb sie stehen,
ergriff dann die Puppe, die sie suchte, und - lief zur
Mutter. Ganz aufgeregt erzählte sie:
Mama, Mama, Josepha und Wenzel haben sich
geküßt. Ich habe es ganz genau gesehen."
"Ja, ja, Anna, ist ja schon gut. Große Kinder dürfen das."
Und klein Anna war traurig, dass ihre Neuigkeit
bei der Mutter so wenig Aufregung erzeugte.
Am Abend sagte die Meisterin zum Meister:
"Carl, zwischen Josepha und Wenzel bahnt sich
was an. Die kleine Anna hat sie heute überrascht,
als sie sich küßten. Und ich sag dir ganz ehrlich,
mir gefällt das. Das aussichtslose Spiel, das der Altgeselle Caspar seit Jahren mit Josepha treibt,
würde dann endlich ein Ende haben. Wir wissen
doch, dass Josepha den Caspar nicht mag. Und so
tut sie mir oft leid, wenn er gar nicht locker läßt
und sie sich wehren muß, weil er nicht versteht
oder nicht verstehen will. - Ich kann es ihr auch
nachfühlen. Der Caspar ist kein unrechter Kerl.
Aber zu Josepha paßt er nun wirklich nicht. Nicht

nur, dass er klein, untersetzt und dick ist. Er ist auch fad und witzlos."

"Na, nun mal langsam," erwiderte der Meister. "Das kann ja alles sein. Du vergißt aber, dass er zehn Jahre hier ist, und ein guter Schneider ist er allemal. Und deshalb habe ich ihn in den letzten Jahren auch schon als meinen Nachfolger gesehen. Du bist wohl selbst etwas in den Wenzel verliebt? Ein lieber Kerl ist er ja."

"Ach, hör doch auf, Carl. Es geht hier nur um Josepha."

"Aber auch um die Schneiderei, das dürfte sicher sein. Wir werden den Caspar verlieren, wenn er Josepha nicht bekommt. Im Übrigen muß ich erst noch herausbekommen, wie es dazu kam, dass Wenzel das Geigen bei den Zigeunern gelernt hat. Dann werde ich entscheiden."

Seit diesem Tage ging die Eifersucht im Hause Riedel um.

"Laß die Finger von der Josepha, sonst passiert was," raunte der Altgeselle Caspar eines Morgens dem Wenzel ins Ohr.

Abends stellte er ihn dann auf dem Marktplatz zur Rede.

"Das ist eine verdammte Schweinerei von dir, dass du mit der Josepha was anfängst. Seit zehn Jahren arbeite ich hier beim Meister Riedel. Damals war die Josepha noch ein kleines Mädchen. Ich bin damals nicht weiter gezogen, weil hier die Josepha war und sie keinen Bruder hat, der den Platz von Meister Riedel in der Zunft einmal einnehmen kann. Seit dieser Zeit haben wir viele Wanderburchen aufgenommen. Alle haben mein Vorrecht akzeptiert und sind hier nicht geblieben. Alle respektierten meinen Vorrang. Nun kommst du daher und glaubst, dich hier ins Nest setzen zu können. Wo kommst du eigentlich her? Was war das damals für eine Sache mit den Zigeunern, wo du angeblich dein Geigenspiel gelernt hast? Vielleicht bist du selbst auch einer von dieser Sorte, die durchs Land ziehen und alle beklauen?"

"Nun ist aber Schluß, Caspar! Beleidigen solltest du mich nicht, auch wenn ich dir dein Mädchen wegnehme. Das Mädchen gehört dir nämlich nicht. Josepha liebt dich nicht, das weiß ich und das weißt auch du. Laß uns abwarten, wie Josepha sich entscheidet. Das soll gelten."

"Mit der Geige wirst du sie betören, das ist doch klar. Da ziehe ich den Kürzeren! Verstehst du nicht, wenn du die heiratest, ist für mich hier kein Platz mehr. Wo soll ich dann hin?"

Und Caspar drehte sich auf dem Absatz um und sprach mit Wenzel von da ab kein Wort mehr.

Bald danach nahm Meister Riedel den Wenzel beiseite. Er mußte die Sache mit den Zigeunern klären, ehe Josepha sich richtig in den Wenzel verliebte. So fragte der Meister:

"Sag, Wenzel, du bist mir noch eine Antwort schuldig. Wie kam es dazu, dass du das Fiedeln bei den Zigeunern gelernt hast. Mit solchen Leuten hat unsereins doch keinen Kontakt."

"Meister Riedel, ich muß euch da ein Geheimnis

verraten. Ich tue das sehr ungern; denn es kann sein, dass ihr und alle anderen hier mich dann verachtet, wenn nicht sogar Schlimmeres passiert. Ich habe Angst."

"Wenzel es nützt nichts, du mußt raus mit der Sprache," drängte da der Meister: "Ich weiß, dass du Josepha schöne Augen machst. Dagegen hab ich auch nichts, es sei denn hinter der Sache mit den Zigeuner steckt mehr, als das Erlernen der Geige."

Wenzel sagte nun: "Meister, ich komme aus dem unehrlichen Stand. Mein Vater war nicht Schäfer, wie ich euch erzählt habe. Er war Feldmeister beim Scharfrichter von Prag. Alle meine Vorväter waren Feldmeister. Aber ich wollte nicht auch wieder Abdecker werden und habe mich aus der Unehrlichkeit befreit. Ich heiße nicht Korn sondern eigentlich Zitny. Das ist das tschechische Wort für Korn. Ich habe meinen Namen einfach ins Deutsche übersetzt, um meine unehrliche Abkunft zu verschleiern. Meister Ewald Minat in Beroun, ein Verwandter meiner Mutter, wußte das und hat mich bei der Ausstellung des Wanderbriefes bei der Zunft als Wenzel Korn ausgegeben. So hoffe ich, dass aus Wenzel Zitny für immer und ewig Wenzel Korn geworden ist."

Als Wenzel geendet hatte, schwieg Meister Riedel und dachte mit gesenktem Haupt nach. Das hatte er nun nicht erwartet und so war er zuerst recht sprachlos. Dann schaute er Wenzel an und nach einer Weile sagte er:

"Wenzel, ich danke dir für das offene Wort. Ich sehe daraus, dass du ein ehrlicher Kerl bist. Das gefällt mir. Aber was machst du dir Sorgen? Wir sind hier in Preußen. Da ist der unehrliche Stand schon seit Jahrzehnten abgeschafft. Der Vater Friedrichs des Großen hat das gemacht. Du bist ein begabter, ehrlicher Junge. Warum sollte ich dich verachten. Ich werde das, was du mir erzählt hast, nur der Meisterin erzählen und die wird wie ich darüber schweigen. - Der Josepha wirst du es irgendwann auch erzählen müssen, wenn ihr wirklich zusammenbleiben wollt. Ach ja, zusammenbleiben, wie steht's denn mit euch beiden?" Wenzel sagte nun:

"Meister, wenn ich mein Meisterstück machen kann, bin ich euch ebenbürtig. Dann hätte ich schon den Mut, um Josepha anzuhalten. Ihr wißt, wir lieben uns."

"Nun gut," sagte Meister Riedel. "Wenn die Hochzeit auf dem Schloß vorbei ist, kannst du mit dem Meisterstück anfangen."

Nach diesem Gespräch war Wenzel sehr erleichtert. Hatte ihn doch sein Bekenntnis vor Meister Riedel erst wirklich aus der Unehrlichkeit befreit. Jetzt war er von seinem Meister anerkannt und so fühlte er sich nicht mehr als ein Ausgestoßener aus der Gesellschaft.

* * *

Die Falschmünzerei kam nicht mehr so richtig
in Schwung. Ottokar bemerkte bald, dass es nicht
mehr so leicht war, die falschen Münzen unter's
Volk zu bringen, ohne in Gefahr zu geraten. Denn
während der Monate, die er sich mit August am
Zischkaberg versteckt gehalten hatte, waren die
falschen Münzen von den Behörden in Prag und
Wien entdeckt worden. Es hatten sich damit Gerüchte bestätigt, die schon seit langem in den
Hauptstädten kursierten. Gerüchte, die etwas von
falschen Münzen wissen wollten.
Die Menschen waren daraufhin sehr vorsichtig
geworden. Viele bissen mit den Zähnen auf die
Münzen, um ihre Härte zu prüfen. Wer Erfahrung
darin hatte, merkte schnell, wenn die Münze zu
hart war, dass es sich um die vertrackte Fälschung
handelte; denn echtes Gold ist so weich, dass die
Zähne Spuren hinterlassen. So hatte auch die Poli-
zei die Sache aufgegriffen.
"Das sind ja sehr unerfreuliche Zustände" sagte
Kommissar Choteck in ziemlicher Aufregung, zu
Inspektor Libulla, als dieser bei ihm eintrat."
"Gestern bekam ich von der Polizei in Wien die

sichere Meldung, dass viele falsche Taler in der Stadt zirkulieren. Der Wiener Edelmetallhändler Samuel Weinstein war von einem Grafen, der irgendwie mit Lider... anfing, wie er der Polizei sagte, lange Zeit mit falschen Talern bezahlt worden. Er soll fuchsteufelswild gewesen sein, als er merkte, dass er geprellt worden war; denn er hatte dem Grafen echtes Gold verkauft.

Aber auch hier in Prag sind falsche Münzen aufgetaucht. Dort auf dem Tisch, Libulla, liegen drei Beweisstücke. Schauen sie sich diese genau an. Sie sind von den echten Münzen kaum zu unterscheiden.

Der Verdacht auf unechte Taler war ja vor einiger Zeit schon einmal aufgekommen, aber wir haben ihn wieder fallengelassen, wenn sie sich erinnern. Bei diesen Beweisen müssen wir der Sache jetzt aber nachgehen.

Und ich weiß auch wo. Wenn ich mich recht erinnere, haben unsere Leute vor einiger Zeit in der Burgruine Rakonitz nordöstlich von Prag so etwas wie eine Werkstatt mit einer Prägemaschine für Münzen gesehen, als dort drei Gauner offensichtlich von Ihresgleichen umgebracht worden waren. Die Sache ist nie vollkommen aufgeklärt worden. Aber was soll's auch. Wenn das Gesindel sich selbst dezimiert, mir soll's Recht sein. Falschgeld hat man damals nicht gefunden. So haben wir den Fall auf sich beruhen lassen. Morgen werde ich mich aber darum kümmern. Vielleicht war da doch was dran.

Was übrigens den Grafen Jaroslaw von Liderowsky betrifft, so glaubte ich lange nicht, dass er in die Sache verwickelt sein könnte, wie manche vermuten. Doch wenn ich es jetzt recht bedenke, es ist etwas Geheimnisvolles, etwas Undurchsichtiges in seinem Wesen. Und die Bemerkung des Edelmetallhändlers Weinstein in Wien macht mich zusätzlich unsicher. Ich werde ihn trotz seiner guten Verbindungen zu Graf Kaunitz ein wenig schärfer ins Auge fassen. Sollte er es etwa gewesen sein, der bei dem Juden Weinstein gekauft hat? Das wäre ja doch ein tolles Stück."

Kommissar Choteck hielt Wort. Gegen Abend entwickelte die Polizei geräuschlose Aktivitäten. Nicht nur die Scharwachen, die nachts durch die Straßen streifen, wurden vermehrt, sondern auch Agenten in Zivil zogen vor allem durch die Tavernen, die keinen einwandfreien Ruf hatten. Manch kleiner Ganove konnte dabei festgenommen werden. Von den großen Fischen, von den Falschmünzern, zeigte sich jedoch keine Spur.

Als am nächsten Morgen Kommissar Choteck in sein Büro kam, rief er:

"Kommen sie mit, Libulla! Wir müssen sofort die Vorbereitungen zur Aushebung der Burgruine treffen und zwar mit großer Heimlichkeit, damit die Falschmünzer in ihrem unterirdischen Gewölbe nichts merken. Hier gilt der Überraschungseffekt."

In weitem Umkreis um die Ruine versteckte Choteck nun im Wald Wachen und Späher der geheimen Polizei, so dass niemand ungesehen die Ruine betreten oder verlassen konnte. Choteck und Libulla nahmen die vordersten Posten ein. Lange geschah nichts, so dass Libulla zu Choteck bemerkte: "Das geht aus wie's Hornberger Schießen."

"Reden sie keinen Unsinn, Libulla. Nur Abwarten kann hier zum Erfolg führen. Ich sage ihnen noch mal. Die sind hier."

Endlich gegen Abend gewahrten die beiden Kommissare, wie sich ein Mann der Ruine näherte. Es war der Formstecher Zarosky, den die Polizisten natürlich nicht kannten.

"Das muß einer von den Falschmünzern sein," flüsterte Choteck.

Sichernd schaute Zarosky sich um. Ging dann noch einmal zurück, wie die Falschmünzer es zu ihrer Sicherheit verabredet hatten, und kam nach einer halben Stunde wieder, um diesmal, da sich nichts Auffallendes zeigte, auf weiteren Umwegen die Burgruine zu betreten.

Vorsichtig schlich Choteck mit seinen Beamten näher. Als sie die Ruine erreicht hatten, konnten sie jedoch den einsamen Mann nicht entdecken. Er war wie vom Erdboden verschluckt. Das einzige, was sie wahrnahmen, war ein immer wieder auftretendes Zittern des Bodens.

"Hier muß es sein!"

Flüsterte Kommissar Choteck seinem Kollegen Libulla zu.

"Holen sie die anderen. Sie sollen uns leise folgen." Nach längerem Suchen in der unübersichtlichen Ruine, wobei manches Geräusch entstand, kamen die Polizisten auch zu der verfallenen und mit Schutt bedeckten Treppe, die nach unten führte.

"Hier unten werden sie nicht sein," bemerkte Libulla.

"Diese Stiege sieht so aus, als wäre sie seit Jahren nicht mehr betreten worden. Man bricht sich hier ja förmlich die Beine, wenn man weitergeht."

"Das aber kann gerade der Trick sein, der die Bande schützt," sagte Choteck.

Während die Beamten diese Überlegungen anstellten, verharrte Zarosky gespannt vor der beweglichen Mauertür ohne jedoch anzuklopfen. Angestrengt lauschte er nach oben, denn er hatte Bewegungen in der Ruine über sich verspührt. Und während er sich ganz still verhielt, verfestigte sich bei ihm der Eindruck, dass jemand die verfallene Treppe herabstieg. Schnell faßte er den Hammer, der zum Geben des Klopfsignals in der Ecke lag, um sich verteidigen zu können.

"Halt!" rief Choteck, als er im Schein seiner Laterne den Formstecher erblickte. Mit gezogenen Degen drängte er ihn gegen die Mauer.

"Was suchst du hier?" herrschte Choteck ihn an.

"Nun sprich schon. Wo geht es zur Falschmünzerwerkstatt."

"Falschmünzerwerkstatt?" fragte Zarosky, indem er den Verblüfften spielte.

"Ich weiß nicht, wovon sie sprechen."

"Bürschchen, erzähl mir nichts. Wir wissen Bescheid. Wir spüren das Zittern der Stanze. Hier in der Burgruine werden Goldtaler geprägt. Schau, da hab' ich einen. Gute Arbeit für Falschmünzer, aber nicht gut genug, um nicht aufzufallen. Wenn du nicht singst, loche ich dich ein bei Wasser und Brot bis zum Sankt Nimmerleinstag." Zarosky beteuerte nun, er wüßte von nichts. Er hätte hier nur ein Nachtquartier gesucht. "Wenn du kein Zuhause hast, lochen wir dich sowieso ein. Also raus mit der Sprache." Zarosky aber schwieg.

Während dessen hatten die Falschmünzer ihr Tagwerk in ihrer Werkstatt hinter der Mauertür beendet. Von den Vorgängen vor der Mauertür hatten sie nichts bemerkt. Und so wollte Ottokar ahnungslos die Werkstatt verlassen, um zu Hermine zu eilen. Er wollte mit ihr über ihren Abschiedsbrief sprechen, in der Hoffnung, sie umstimmen zu können.

Da bemerkte Choteck zu seiner Verblüffung, dass sich die Mauer hinter dem Formstecher, den er mit dem Degen in Schach hielt, bewegte. Aber ehe er sich weitere Gedanken über diese magische Bewegung machen konnte, stand er auch schon dem Grafen Jaroslaw von Liderowsky gegenüber.

"Also doch, der Graf von Liderowsky!" entfuhr es dem Kommissar, während Libulla seinen Degen zog und den Grafen damit in die Werkstatt drängte.

Choteck konnte jetzt nicht lange überlegen.

"Vorwärts!"

befahl er, während die nachdängenden Polizisten

Zarosky und den Grafen festnahmen. Das Übrige ging ganz schnell. Auch August, der Vergolder, und zwei weitere Fälscher wurden von den Polizisten abgeführt.

"Tolle Einrichtung", bemerkte Choteck zu Libulla, als sie die Werkstatt besichtigten. "Und die Sache mit der beweglichen Mauertür ist geradezu grandios. Ich muß schon sagen, sehr intelligent. Da haben wir einen fetten Fang gemacht. Sorgen sie dafür, dass die Werkstatt verschlossen und versiegelt wird, Libulla. Die Spuren müssen gesichert werden. Für den Prozeß brauchen wir Beweise."

\* \* \*

Ottokar Cernys Aufenthalt in dem kalten Ver-
lies war schauerlich. Er saß allein in einem Kerker
mit meterdicken Mauern. Das Tageslicht drang in
das feuchte Gefängnis nur durch ein schmales,
stark vergittertes Fensterchen, das hoch oben in
der Wand angebracht war. Bei Ottokar hatte die
Polizei die größten Vorsichtsmaßnahmen getroffen, weil ihn seine Gewandtheit, seine Rücksichts-
losigkeit und Schlauheit zum gefährlichsten Verbrecher der ganzen Bande machte. Beweise dafür
waren die unerhörte Keckheit, mit der er als Graf
Jaroslaw von Liderowsky selbst die höchsten Kreise getäuscht hatte, aber auch das ausgedehnte Geschäft mit der Falschmünzerei und das Falschspielen, das er fast unter den Augen der Behörden betrieben hatte. Diesem höchst gefährlichen Menschen mußte ganz und gar jede Möglichkeit zur
Flucht genommen werden. Daher hatte man Ottokar so an Wand und Fußboden mit Fesseln angeschmiedet, dass er sich nicht einmal von seinem
harten Lager entfernen konnte.

Ottokar, der in seinem ganzen Leben der Genußsucht gefröhnt hatte, mußte nun mit Wasser und

Brot vorliebnehmen. In seiner Einsamkeit zogen vor seinem geistigen Auge die Ereignisse seines Lebens vorbei. Er erinnerte sich seines ausufernden Studentenlebens, das er nicht genutzt hatte, um wirklich etwas zu lernen. Er erinnerte sich der vielen Feste, die er gefeiert hatte und der Ausschweifungen mit den willigen Mädchen, die er meinte, so großartig genossen zu haben. All dies erschien ihm nun schal und vergänglich. Von einem Studienabschluß wäre ihm mehr geblieben. Das wurde Ottokar jetzt klar.

An Hermine dachte Ottokar oft in dieser Abgeschiedenheit. Sicher hatte sie von seiner Festnahme und seiner wahren Identität gehört, denn der Fall des falschen Grafen Jaroslaw von Liderowsky war in Prag in aller Munde. Ottokar schämte sich bei dem Gedanken, dass Hermine jetzt erfahren mußte, dass er ein Hochstapler war. Es mußte die Gräfin tief demütigen, sich so willig einem Verruchten hingegeben zu haben. Und weil Hermine die einzige Frau war, die Ottokar wirklich innig liebte, traf ihn das sehr.

In dieser Stimmung verharrte Ottokar aber nicht immer. Oft war er geradezu fröhlich, wenn er an sein verflossenes Leben dachte. Dann erschienen ihm die Mädchen wieder so süß wie damals und die Nächte mit Hermine durchlebte er noch einmal in vollem Genuß.

Auf seine abgefeimten Betrügereien beim Falschspielen und auf das Vertreiben von Falschgeld in Prag und Wien war er dann sehr stolz, wenn er daran dachte, wie viel Geld er damit gescheffelt hatte. In solchen Augenblicken bereute Ottokar nichts. - -

Der für den 15. Mai anberaumte Falschmünzerprozeß sorgte in Prag für großes Aufsehen. Aber noch interessanter als der Prozeß war für die Prager die Tatsache, dass ein falscher Graf der Anführer der Bande gewesen war. - Ein Unehrlicher hatte sich angemaßt, ein Graf zu sein. Ja, gab's denn das? fragten sich viele Bürger. Bisher hatte noch niemand einen solchen Anschlag auf die gottgewollte Ordnung gewagt. Selbst die kleinen Leute empfanden dieses Verbrechen als einen Frevel; denn sie glaubten fest an die göttliche Ordnung, die ihnen in dieser Welt wenig Glück und keinen Reichtum bescherte. Im Himmel würde denen, die in diesem Jammertal zu kurz gekommen waren, dafür aber reicher Lohn zuteil werden. Das glaubten sie fest. Denn stand nicht in der Bibel: "Eher geht ein Kamel durch ein Nadelöhr, als ein Reicher in das Himmelreich."

Als das Gericht den Saal betrat, erhoben sich die Geldfälscher zögernd und niedergeschlagen von der Anklagebank. Der an Ketten gefesselte Haupttäter Ottokar Cerny zitterte. Wußte er doch, dass seine Tage gezählt waren; denn er mußte damit rechnen, unter das Schwert zu kommen.

"Ich eröffne die Sitzung," sagte der Vorsitzende.

"Gerichsdiener nehmen Sie dem Grafen von Liderowsky die Fesseln ab."

Und nachdem er seine Akten geordnet hatte, meinte er :

"Die Beweise für die Verbrechen der Geldfälscherbande liegen so offen auf dem Tisch, dass ich
einen kurzen Prozeß machen werde. Zeugen brauchen wir nicht zu vernehmen; denn die Angeklagten wurden in flagranti erwischt. Außerdem liegen
mir die Aussagen eines Räubers vor, den wir damals verhört haben, als das Blutbad in der Ruine
Rakonitz verhandelt wurde."
Als ersten befragte der Richter nun den Vergolder August Lukaschek. Mit zitternder Stimme legte
dieser sogleich ein volles Geständnis ab, in der
Hoffnung, so mit Gnade rechnen und dem Schwert
des Scharfrichters entgehen zu können.
"Ja, ich habe die kupfernen Münzen im Feuer
vergoldet. Ja, das stimmt," sagte er.
"Ich hatte keine Arbeit mehr, weil ich bei meinem Meister in Prag, der für die Kirche Heiligenfi-
guren vergoldete, eine Unze Gold gestohlen hatte.
Das war doch nicht viel, aber der Meister hat mich
hinausgeworfen. Was sollte ich nun machen. Da
kam mir der Juri Hatscher gerade recht. Ich muß
gestehen, ich habe schon in Wien zu seiner Geldfälscherbande gehört. Als diese damals von der Polizei ausgehoben wurde, konnten wir alle entkommen bis auf den Formstecher Latek. Der wurde gebrandmarkt. Hatscher hat mich später dann wieder in der Werkstatt in der Burgruine Rakonitz be-
schäftigt.
Euer Ehren, sie haben Recht. Es war mir klar,
dass, wenn ich erwischt werden würde, es mir noch

schlechter gehen würde, als vorher. Ich bin ein armer Teufel. Ich bitte um Gnade."

Mit dieser Aussage gab sich der Richter zufrieden und befragte nun Anton Zarosky. Im Gegensatz zum Vergolder August versuchte der Formstecher sich als ehrlicher Handwerker darzustellen. "Was sagst du da?" fragte der Richter.

"Du hättest nur gelegentlich eine Form für die Bande angefertigt und von dem verbrecherischen Tun dieser Leute nichts, ja rein gar nichts, gewußt. Kein Wort glaube ich dir. Wenn du das Bild eines Talers stichst, das Bild der Kaiserin, dann weißt du auch, worum es geht! Dem Gericht ist bekannt, dass du in Berlin zeitweise bei deinem Meister für die königliche Münze gearbeitet hast. Dann wußtest du auch, was du tust. Es wäre besser für dich, du würdest ohne Umschweife gestehsten. Es könnte deinem Strafmaß zugute kommen. - Also noch mal. Wußtest du, welches Verbrechen du begingst - ja oder nein?"

Kleinlaut mußte der Formstecher nun zugeben, dass er zur Bande gehörte und in alles eingeweiht war.

"Warum bist du nicht wie jeder ehrliche Handwerksgeselle bei einem ehrlichen Meister deinem Beruf nachgegangen? Leute wie du werden doch gebraucht?" fragte der Richter.

Da gestand der Formstecher: "Ich konnte bei den Falschmünzern viel mehr verdienen als bei jedem ehrlichen Meister. Ich hatte ein Mädchen, das mir ihr Vater nur geben wollte, wenn ich reich wäre.

Das konnte ich nur auf diese Weise erreichen, - glaubte ich."

"Das wird dich teuer zu stehen kommen, denn Falschmünzerei ist eines der schlimmsten Verbrechen," sagte der Richter.

Dann wandte er sich zum Hauptangeklagten. Mit einem spöttischen Ton in der Stimme fragte er nun Ottokar:

"Graf Jaroslaw von Liderowsky wer war ihr Vater?"

"Ich heiße Ottokar Cerny und bin der Sohn des Scharfrichters Janos Cerny aus Prag," antwortete der als Graf angesprochene.

"Gut, sehr gut" meinte der Richter, "dass sie das gleich zugeben, Angeklagter. Das Gericht weiß bereits, dass sie kein Graf sind. Leugnen hätte nichts genützt. Aber wenn sie kein Graf sind, dann werde ich sie anreden, wie es einem aus ihrem Stand gebührt.

Ich stelle also fest, dass du, Ottokar Cerny, deine unehrliche Abkunft zugibst, und dass du damit zugibst, ein Hochstapler zu sein, der sich entgegen der göttlichen Ordnung selbst in den Grafenstand erhoben hat. Gibst du auch zu, dass du das Haupt der Geldfälscherbande warst, die wir in der Burgruine Rakonitz ausgehoben haben?"

Ottokar gestand, dass er nach dem Tod des Juri Hatscher die Führung der Bande übernommen hatte, bat aber um Gnade, weil er sich ja nur aus dem Stand der Unehrlichen hätte befreien wollen.

"Ich wollte nicht Scharfrichter werden wie mein

Vater, mein Großvater und alle meine Vorväter es gewesen waren. Ich wollte mich aus der mit diesem Beruf verbundenen Unehrlichkeit befreien. Ist es denn gerecht, dass Menschen so verachtet werden, die, wie mein Vater als Scharfrichter, ehrlich ihr Geld verdienen? Im Deutschen Reich wurde die Unehrlichkeit dieses Berufes 1731 abgeschafft. Aber hier in Prag, ja hier in den Habsburgischen Landen, ist man rückständig. Hier in Prag ist man verbohrt und unmenschlich und hält an alten Zöpfen fest!"

Als Ottokar dies dem Richter verzweifelt und lautstark entgegenschleuderte, schlug der Richter mit seinem Hammer aufs Pult, dass es krachte. Er unterbrach Ottokar und rief erregt:

"Angeklagter, mäßige dich, sonst lasse ich dich sofort wieder in den Kerker werfen und du wirst in Abwesenheit verurteilt. Wir sind hier in Prag und nicht in Preußen! Im Übrigen hast du nicht darüber zu befinden, ob unsere Gesetze zeitgemäß sind oder nicht. Du stehst hier nach dem geltenden Gesetz vor Gericht und danach werde ich urteilen."

Nach kurzer Weile sagte der Richter:

"Wie kommst du überhaupt dazu, dich als Graf auszugeben? Ein Namenswechsel hätte genügt, um deine Abkunft zu verschleiern. So aber muß ich dir zu allen deinen Verbrechen auch noch die Hochstapelei vorwerfen. Das verschärft deine Lage."

"Euer Ehren," antwortete Ottokar.

"Wenn man, wie ich, unehrlich geboren wurde, muß man hochstapeln, wenn man in dieser Welt etwas werden will."

"Darüber werde ich mit dir nicht streiten," sagte der Richter.

"Deine Hochstapelei werde ich jetzt auch erst einmal beiseite lassen. Denn es kommt ja noch schlimmer für dich. Vor gut einem Jahr hat es in der Burgruine Rakonitz am Eingang der Falschmünzerwerkstatt einen Kampf zwischen deinen Falschmünzern und einer Räuberbande gegeben. Einer der Räuber, den wir gefaßt haben, hat damals ausgesagt, dass du dabei den Bandenanführer mit einer Eisenstange erschlagen hast. Die Polizei fand später drei Tote dort, wovon einer der Bandenanführer, ein anderer ein gewisser Juri Hatscher und der Dritte ein noch unbekannter Räuber war. Was sagst du dazu?"

"Ich habe erst zugeschlagen, nachdem der Räuberhauptmann unseren Anführer Juri Hatscher erschossen hatte. Wir waren nicht bewaffnet, hatten keine Pistolen oder Degen. Wie sollten wir uns sonst verteidigen?" sagte Ottokar.

"Nun, so war es wohl nicht, wie dem Gericht bekannt ist. Du schlugst zuerst zu und tötetest den Anführer der Räuber. Hättest du das nicht getan, wäre es zu dem Blutbad nicht gekommen. Ob es Mord oder Totschlag war, wird das Gericht noch entscheiden. Drei Tote können wir nicht ungesühnt lassen."

Ottokar wurden nun noch seine Betrügereien im Wirtshaus im Wald vorgeworfen; denn auch seine Falschspielerei war mittlerweile ruchbar geworden. Man hatte in Prag einige Studenten in den Karzer geworfen, weil sie nicht zahlen konnten. Die hatten ausgesagt, dass man sie in dem Wirtshaus im Wald beim Kartenspiel abgezockt hatte, und dass da der Graf von Liderowsky dabei gewesen wäre. Dann kamen die Raubüberfälle, die Ottokar mit dem Vergolder August von dem Häuschen am Zischkaberg aus unternommen hatte, zur Sprache.

"Ottokar Cerny, wir wissen, dass du gemeinsam mit einem anderen wenigstens zwei Postkutschen überfallen und ausgeraubt hast. Gibst du das zu?"

Ottokar war wie vom Donner gerührt, dass das Gericht wußte, dass er auch diese Taten begangen hatte. Schnell faßte er sich jedoch und sagte, um den Vergolder nicht mit hinein zu ziehen:

"Ja, ich habe das getan, aber ich tat es allein. Ich mußte mich damals verstecken, als ich den Bandenführer erschlug. Nun brauchte ich neue Kleider und auch etwas zu essen."

"Kann man denn so etwas allein bewältigen?" fragte der Richter. Und Ottokar antwortete:

"Gewiß, Euer Ehren. Man muß es nur geschickt anstellen. In der Not fällt einem schon was ein. Ich sprang den Pferden ins Zaumzeug und hielt sie an. Einen Knüppel warf ich in die Räder der Kutsche und mit dem Degen hielt ich die Insassen in Schach."

"Das kommt mir sehr unwahrscheinlich vor," sagte der Richter. Aber für dein Strafmaß ist es unerheblich und er beendete das Verhör indem er sagte:

"Ich stelle also fest: Ottokar Cerny muß verurteilt werden wegen Todschlag, vielleicht auch Mord, wegen Falsch münzerei, wegen Hochstapelei und Raubüberfall in zwei Fällen. Die Angeklagten haben nun das letzte Wort."

Jedoch keiner der drei Deliquenten wollte sich noch äußern. Da sagte der Richter:

"Das Gericht zieht sich zur Beratung zurück."

Nach einer halben Stunde öffnete sich die Tür zum Gerichtssaal wieder und Richter und Beisitzer nahmen ihre Plätze ein.

"Erhebt Euch! Ich verkündige die Urteile," sagte der Vorsitzende.

"Im Namen unserer Kaiserin verurteilen ich:

Erstens: Den Vergolder August Lukaschek zu fünf Jahren schwerem Kerker wegen Unterstützung einer Falschmünzerbande. August Lukaschek ist geständig jahrelang falsche Kupfermünzen heimlich vergoldet zu haben. Für sein sofortiges Geständnis werden ihm mildernde Umstände angerechnet.

Zweitens: Der Formstecher Anton Zarosky erhält die Strafe, die das Gesetz speziell für Falschmünzerei vorsieht. Er wird dem Scharfrichter zur Brandmarkung übergeben. Die Brandmarkung ist mit einer glühenden, gefälschten Goldmünze aus der Fälscherwerkstatt der Bande vorzunehmen. Der Angeklagte Zarosky hat erst nach Leugnen zugegeben, dass er die Formen für die Münzen gestochen und damit falsches Geld hergestellt hat. Er tat dies aus Habgier. Deshalb ist die Brandmarkung an beiden Wangen zu vollziehen.

Drittens: Der Hauptangeklagte Ottokar Cerny wird zum Tode durch das Schwert verurteilt. Als Anführer der Geldfälscherbande trägt er die Hauptverantwortung für dieses Verbrechen. Dazu kommt Mord an dem Bandenführer und Hochstapelei in einem besonders schweren Fall, sowie Raub in zwei Fällen.

Gerichtsdiener, packen sie die Verbrecher und werfen sie diese wieder in den Kerker. Ottokar Cerny und der Formstecher Zarosky sind in Ketten zu legen."

Da entstand ein Tumult im Gerichtssaal; denn Ottokar und der Formstecher Zarosky wehrten sich gegen die Fesseln. Sie wollten sich nicht binden und abführen lassen. Ottokar schrie verzweifelt.

"Das ist ungerecht! Das ist ungerecht!"

"Ruhe," rief der Richter "Ruhe" und schlug mit dem Hammer auf den Richtertisch.

"Ich ordne an, dass die Brandmarkung und die Hinrichtung in zehn Tagen öffentlich auf dem "Alter Markt" vollzogen werden. Ich schließe die Verhandlung."

Ottokar beruhigte sich nicht. Als er sich wieder in seinem Kerker befand, angeschmiedet an Wand und Fußboden, tobte er weiter. In ohnmächtiger Wut versuchte er, sich von seinen Banden zu befreien. Nicht Reue fühlte er jetzt, sondern den Grimm eines wilden Tieres, das sich gefangen und seiner Freiheit beraubt fühlt. In der Nacht raubte ihm Verzweiflung, verzehrende Angst und Todesfurcht den Schlaf. Wenn er vor Erschöpfung doch irgendwann einschlief, schreckte ihn bald ein Albtraum auf. Seine überhitzte Phantasie hatte ihm im Traum schreckliche Gespenster gezeigt, die ihn hohnlachend angrinsten. Zitternd vor Angst sah er der Stunde entgegen, wo sein eigener Vater ihn mit dem Schwerte richten würde. So verbrauchte sich die Kraft seines Geistes und seines Körpers, so dass er hinfällig wurde wie ein Greis.

Am Vorabend seiner Hinrichtung öffnete sich die Tür seines Kerkers und begleitet vom Schließer, der eine brennende Laterne trug, trat sein Vater, Janus Cerny, bei ihm ein. Einen Augenblick stand der alte Mann stumm und von tiefstem Schmerz gebeugt vor seinem in Ketten liegenden Sohn. Seinen tränenden Blick heftete er auf den Unglücklichen, der geblendet vom Licht sich fest an die kalte Wand des Kerkers drückte.

"Ottokar, mein Sohn" sprach der Scharfrichter mit schwacher, zitternder Stimme.

"Müssen wir uns so wiedersehen?"

Als Ottokar seinen Vater erkannte, schlug er die Hände vors Gesicht und stöhnte.

"Unglücklicher," klagte der alte Mann, als er näher an seinen Sohn herantrat. Da plötzlich begehrte Ottokar auf.

"Willst du mir Vorwürfe machen? Vater!" rief er. - Dann schrie er verzweifelt: "gehe fort, gehe fort, ich will dich nicht sehen!"

Und mit den Händen machte er eine rasche, abwehrende Gebärde, so dass die Ketten aneinander schlugen und das Echo schauerlich in dem Gewölbe widerhallte. In heftigem, drohendem Ton rief Ottokar:

"Du, nur du allein bist Schuld, dass ich jetzt hier sitze! Du hast den Ehrgeiz in mir geweckt, ein anderes Leben zu führen. Du hast mich des Lebens Reize kosten lassen, die für mich für immer eine verbotene Frucht hätten bleiben müssen. Warum ließest du mich nicht werden, was alle Cernys vor dir gewesen waren, Scharfrichter! Das Leben in der Freiheit hat mich umgebracht."

"Ottokar!" flehte der Vater, "Ottokar, willst du auch jetzt noch im Angesicht des Todes in deiner unseligen Verblendung verharren? Willst du die Liebe deines Vaters und deiner Mutter anklagen, die dich zu einem ehrbaren Menschen erzogen und kein Opfer gescheut haben, um dir ein ehrenvolles, glückliches Leben zu ermöglichen? Deine Mutter und ich haben für den Rest unseres Lebens darauf verzichtet, dich als ihren Sohn zu haben. Wir wären fern von dir glücklich gewesen, wenn wir an dein Wohlergehen hätten denken können. Hast du denn kein Herz, kein Gefühl, für diese schmerzliche Entsagung deiner Eltern?"

Ottokar antwortete nicht. Er starrte vor sich hin. Tränen füllten seine Augen, denn die Worte seines Vaters gingen ihm nun doch zu Herzen.

Da stand der Vater, der es so gut mit ihm gemeint hatte! - In langem Schweigen vor seinem Vater wurde Ottokar klar: er mußte die Schuld bei sich suchen. Wieder standen die Jahre seiner Studentenzeit vor seinem geistigen Auge. Der Tag, an dem er seine Studien aufgegeben hatte, kehrte mit all seinen Entscheidungsnöten zurück in sein Bewußtsein. Damals hatte sein Leben die Wende genommen. Damals hätte er stark sein müssen und sich nicht für die Verlockungen des süßen Lebens entscheiden dürfen. Aber er hatte geträumt - - - und so den festen Boden unter den Füßen verloren. Es war seine Entscheidung gewesen nicht die seines Vaters. - Und hatte er nicht das Geld des Vaters vergeudet?

"Vater, ich bin ein verlorener Sohn." sagte er plötzlich. "Ich begreife das jetzt erst, wo du in meiner Not vor mir stehst. Es war auch für mich schwer, auf dich und meine Mutter verzichten zu müssen. Doch die Schuld für mein Unglück liegt bei mir. Ich war ja kein Kind mehr, als ich das Lotterleben anfing. Ich war erwachsen und habe versagt. Euch trifft keine Schuld. Sag' das der Mutter!"

Seine Stimme bebte und unter Tränen sagte er: "Ach, wie ist alles so anders geworden."

Noch lange sprach der Scharfrichter mit seinem Sohn. Da wurde Ottokar ruhig und gefaßt und war bereit zu sterben. Er wollte nun durch seinen Tod seine Verbrechen sühnen.

Ehe Janos Cerny die Zelle verließ, waltete er noch seines Amtes. Er schnitt mit sicherer Hand seinem Sohn das Haupthaar ab, damit er am kommenden Morgen mit seinem Schwert die richtige Stelle treffen könne.

\* \* \*

Für die Vollstreckung der Urteile an den Falschmünzern war auf dem Alter Markt vor dem Palais Kinsky in den letzten Tagen ein Podium aus Holz gezimmert worden. Die öffentliche Brandmarkung des Formstechers Zarosky und die Hinrichtung des falschen Grafen Jaroslaw von Liderowsky hatte das Gericht auf Dienstag um zehn Uhr festgesetzt.

Schon am frühen Morgen dieses Tages waren viele Bürger auf den Beinen. Denn so ein Spektakel wollte sich niemand entgehen lassen. Geschäfte, die noch zu erledigen waren, wickelte man schnell ab, um nur nicht dieses grausame Ereignis, das die Seele so schön aufwühlte, zu verpassen. Dicht gedrängt standen Männer, Frauen und sogar Kinder um das Blutgerüst, als um halbzehn die Sünderglocke der Teynkirche zu läuten begann.

Zu dieser Zeit öffnete sich die schwere Eisentür des Kerkers, in dem Ottokar seiner Hinrichtung entgegenbebte.

"Gelobt sei Jesus Christus" grüßte der Priester den Gefesselten. Ottokar sah ihn stumm an. Er war nicht gewöhnt, mit Männern der Kirche umzugehen; denn in seiner Jugend hatte er ja als Unehrlicher, als Ausgestoßener aus der Gesellschaft, keinen Kontakt zu den Priestern der Kirche gehabt. So erwiderte er den Gruß nicht mit "In Ewigkeit, Amen", wie es üblich war.

"Ottokar Cerny," sprach der Priester mit sanfter Stimme.

"Ich bin dein Beichtvater. - Bald wirst du vor deinem himmlischen Richter stehen. Nimm mich an. Ich werde dich auf dem Weg dorthin begleiten."

Da schlug Ottokar die Hände vors Gesicht und begann zu schluchzen. Es dauerte lange, bis er sich so weit beruhigt hatte, dass der Priester ihm die Beichte abnehmen konnte.

Endlich öffnete sich die Tür. Zwei Henkersknechte traten ein. Ein Schmied löste Ottokar die Fesseln. Dann schleppten sie ihn auf den vor dem Kerker wartenden zweirädrigen Schinderkarren, den Jan Zitny im Auftrage des Scharfrichters zum Transport der Todgeweihten hierher gebracht hatte. Den Schinderkarren hatte der Abdecker, wie es die Vorschrift gebot, zu diesem Zweck mit einem kastenartigen Aufbau versehen, so dass der Deliquent wie in einem Käfig eingeschlossen war.

Nach kurzer Zeit öffnete sich die Tür des Käfigs nochmals und hereingestoßen wurde Anton Zarosky, der Formstecher. Ottokar und Anton sahen sich schweigend an. Keiner sagte ein Wort. Da nahm Jan Zitny das Pferd beim Zügel und der Karren setzte sich in Bewegung. Der Priester und die Knechte des Scharfrichters begleiteten das schaurige Gefährt mit dem Todeskandidaten und seinem Freund, der gebrandmarkt werden sollte.

Auf dem Alten Markt wogte derweil eine unabsehbare Menschenmenge - dicht geschart um das Blutgerüst. Auf diesem stand hochaufgerichtet in seinem feuerroten Mantel, das rote Barett mit der roten Feder auf dem Kopf der greise Scharfrichter. Er stand auf dem Blutgerüst, so wie er schon oft dort gestanden hatte. Heute aber brannte es in seinem Herzen wie Feuer. Er atmeten schwer. Was sich um ihn herum ereignete, erschien ihm wie ein böser Traum, obwohl er in seinem Leben weiß Gott doch schon so viele Hinrichtungen vollziehen mußte. Aber diesmal, ja diesmal - es war sein eigener Sohn. Seinem eigenen Sohn mußte er in den nächsten Minuten mit seinem langen, breiten Schwert den Kopf vom Rumpf trennen. Janos Cerny traf es in tiefster Seele. - - -

In einer Ecke der Plattform stand ein glühendes Kohlebecken, dessen Feuer von einem Henkersknecht angefacht wurde. Von sechs Kerzen umgeben stand in einer anderen Ecke ein einfacher offener Sarg, der mehr einer Holzkiste glich.

Während dessen hatten sich auf dem Gerüst auch die drei Richter, die den Prozeß geführt hatten, sowie der Bürgermeister eingefunden.

Monoton läutete noch immer die Sünderglocke vom Turm der Teynkirche, als plötzlich ein Raunen durch die Menge ging. In der Ferne hörte man das Trappeln von Pferdehufen und das Holpern eines Wagens über das Pflaster. Als der Schinderkarren in Sicht kam, wich die Menge unwillkürlich zurück und bildete eine Gasse, schweigend auf den schwarzen Karren starrend, durch dessen Gitter die Unglücklichen schemenhaft zu sehen waren.

Vor dem Blutgerüst hielt der Karren an und sofort ergriffen die Henkersknechte die Verurteilten und schleppten sie auf die Plattform. Janos Cerny legte Barett, Mantel und Schwert ab und krempelte die Ärmel seines Hemdes hoch. Die Henkersknechte nahmen Ottokar und dem Formstecher Zarosky die Fesseln ab.

Dann verlas der Richter so laut, dass alle auf dem Platz es verstehen konnten, das Urteil gegen den Formstecher. Als das Wort Brandmarken fiel, ging wieder ein Raunen durch die Menge. Denn diese spezielle Strafe, die insbesondere für Falschmünzer vorgesehen war, war in Prag lange nicht mehr verhängt worden. Dann forderte der Richter den Scharfrichter auf:

"Walte deines Amtes."

Die Henkersknechte packten den Formstecher, legten seinen Kopf mit der rechten Wange auf einen Holzblock und da war der Scharfrichter auch schon zur Stelle. Mit einem Eisen drückte er Zarosky die glühende Münze in die linke Wange, so dass diese sich bis zu den Zähnen durchbrannte. Der Formstecher stieß einen gellenden Schrei aus und fiel zu Boden, wo er sich vor Schmerzen wand.

In diesem Augenblick brach Jubel auf dem Platz aus.

"Bravo, bravo" rief die Menge; denn Janos Cerny

hatte seine Sache gut gemacht.

Nach einigen Minuten schleppten die Henkersknechte den Formstecher nochmals zum Holzblock und der Scharfrichter brandmarkte ihm die andere Wange. Wieder ein gellender Schrei. Dann fiel Zarosky in Ohnmacht. Wieder brausten die begeisterten Bravorufe der Menge über den Platz.

Die Zuschauer hatten mit dem so grausam Gerichteten kein Mitleid. Schließlich war er an seinem Schicksal selbst Schuld und die Strafe, die er erhielt, reinigte ihn schon hier auf Erden von einem Teil seiner Sünden. Der Scharfrichter aber war nur das Werkzeug Gottes. - - -

Als die Menge sich nach einigen Minuten beruhigt hatte, schritt der Richter zur Hinrichtung Ottokars. Während der Priester in seinen hoch erhobenen Händen ein großes, schwarzes, hölzernes Kruzifix dem Todgeweihten entgegenhielt, verlas der Richter das Todesurteil gegen Ottokar Cerny. Dann trat der Scharfrichter zu seinem Sohn, um ihn ein letztes Mal zu umarmen.

"Ottokar, mein Sohn, stirb wie ein Mann und als reumütiger Sünder, dann sehen wir uns in einem besseren Leben wieder!"

Ottokar zuckte zusammen und brach in Tränen aus, als sein Vater diese Worte mit lauter aber zitternder Stimme gesprochen hatte. Er ergriff die Hand des Vaters und bat ihn um Vergebung für das Leid, das er ihm und seiner Mutter angetan hatte.

"Möge dir Gott verzeihen, wie ich dir verzeihe" entgegnete der Vater, seine Rührung mit aller Kraft unterdrückend. Dann sprach der Scharfrichter die übliche Formel, mit der er dem armen Sünder für das Richten Abbitte leistet. "Und nun gehe mit Gott!"

Ottokar wurden die Hände mit einem Strick auf den Rücken gebunden und eine schwarzen Binde über seine Augen gelegt. Er kniete nieder, senkte das Haupt. - Und noch eine Sekunde, dann schwang Janos Cerny das blitzende Schwert. Es zischte durch die Luft und mit sicherem Hieb traf er seines Sohnes Nacken. Das Haupt rollte zu Boden. - - -

Es war eine Meisterleistung des Scharfrichters und die Menge brach wieder in Bravorufe aus. - Dann aber - Entsetzen! - Die Menge verstummte. Denn dem Scharfrichter entfiel das Richtschwert. Er taumelte und stürzte lautlos auf das Blutgerüst in das strömende Blut seines Sohnes. Janos Cerny war vom Schlag getroffen worden.

In diesem Augenblick durchschnitt ein Schrei, ein fürchterlich gellender Schrei, die Luft und lenkte die Aufmerksamkeit der Menge auf einen Punkt mitten im Gewühl der Menschen. Dort war eine Frau ohnmächtig zusammengesunken. Sie wurde von einigen Männer fortgetragen. Es war Zdenka, Ottokars Mutter.

So endete der Scharfrichter von Prag und sein Sohn.

\* \* \*

In Sagan stand der Tag der Hochzeit von Prinzessin Dorothea mit Herzog Charles de Talleyrand kurz bevor. In der Werkstatt des Meisters Riedel herrschte hektisches Treiben. Da war hier und da noch eine Änderung vorzunehmen und die letzten Kleider auszuliefern

Endlich war es so weit. Der 2. Oktober war ein Herbsttag, wie man ihn sich nicht schöner vorstellen konnte. Vom Schloß bis zur Augustinerkirche waren Blumenkübel und Kübel mit Palmen aufgestellt. Die ganze Stadt war mit Fahnen geschmückt und die Bewohner der Stadt standen wie die Mauern am Straßenrand und auf dem großen Platz vor der Kirche.

Um 9 Uhr setzte sich der Hochzeitszug vom Schloß aus in Bewegung. Vornweg Reiter in Galauniformen, die schmetternd die Fanfaren bliesen. Dann kamen die Kutschen mit den Verwandten der Herrschaft. Im letzten Wagen, in der vergoldeten Hochzeitskutsche, saß das Brautpaar. Händeklatschen und Jubelrufe begleiteten den Zug.

Als Prinzessin Dorothea mit Herzog Charles die Kirche betrat, begann die Orgel den Triumphmarsch zu spielen. Und während der Messe sang ein Chor begleitet vom fürstlichen Orchester. Für Josepha und Wenzel war es ein großer Tag. Als am Abend auf dem Schloß im großen Saal das Hochzeitsfest gefeiert wurde, spielten sie im Orchester des Herzogs den ganzen Abend zum Tanz auf. - -

Mit Eifersucht und Wut beobachtete der Altgeselle Caspar, wie das Verhältnis zwischen Josepha und Wenzel immer enger wurde. Immer wieder sah er die beiden Hand in Hand spazieren. Er konnte es kaum mehr aushalten.

Als dann die Handwerksgesellen eines Abends in Caspar Riedels Gasthaus zum Schwarzen Adler saßen und der Metzgergeselle Werner den Wenzel fragte,

"warum hast du denn deine Josepha nicht mitgebracht?" fuhr der Altgeselle Caspar hoch und rief erregt,

"was heißt hier deine Josepha. Bisher ist das immer noch meine Josepha! Der Wenzel soll sich nur nichts einbilden. Kommt hier nach Sagan und glaubt, er wäre der Größte und verführt die Mädchen mit seiner Geige."

Es entstand eine Stille, in die hinein der Metzgergeselle Werner sagte,

"oh, so ist das. Ich glaube, es gibt ein Drama!"

Da nahm Wenzel seinen Altgesellen in Schutz.

"Werner, überlaß das mit der Josepha mal mir und dem Caspar. Wir werden uns einigen, und wenn es so weit ist, werdet ihr sehen, wie es ausgegangen ist." - - -

Noch ein ganzes Jahr ging ins Land. Die Bande zwischen Josepha und Wenzel wurden enger und der Altgeselle Caspar sah ein, dass er gegen Wenzel keine Chance hatte.

"Meister Riedel, so geht das auf die Dauer nicht weiter," sagte Caspar da eines Tages zum Meister. "Der Wenzel Korn wird eure Tochter heiraten. Das ist doch klar. Dann bin ich hier überflüssig. Ich habe längst gemerkt, dass ihr mit der Heirat einverstanden seid und besonders auch die Meisterin. Ich werde nach Sorau gehen und dort eine Schneiderwerkstatt aufmachen."

"Aber Caspar," entgegnete Meister Riedel entsetzt. "Du wirst doch nicht zum Pfuscher* werden! Bei deinem Talent. Das wäre schade und täte mir sehr leid, denn in die Zunft kommst du in Sorau nicht rein. Such' doch einen anderen Meister, wo du arbeiten kannst."

"Ich kann doch in meinem Alter nicht mehr auf Wanderschaft gehen. Jeder würde denken, ich bin nach zehn Jahren bei euch rausgeflogen!"

"Da hast du recht, Caspar. Da sehe ich auch keinen anderen Weg, als dass du dich selbständig machst, so traurig das ist. Was soll ich machen, wenn Josepha den Wenzel liebt?"

"Laß gut sein, Meister," sagte da der Altgeselle. "Ich komme schon durch und eine Frau finde ich auch, wenn ich nicht mehr hier bin."

Meister Riedel war es ganz recht, dass die Sache mit Caspar sich so friedlich regelte. Wenn ihm auch der Altgeselle leid tat.- - -

Weihnachten hatte Wenzel sein Meisterstück fertig und es wurde Verlobung gefeiert. Nach den Feiertagen ging man zum Pfarrer, um das Aufgebot zu bestellen.

"Wenzel Korn," schrieb der Pfarrer nieder, "geboren in Bunzlau in Böhmen."

Als Wenzel aber dann gestehen mußte, dass sein Vater Abdecker beim Scharfrichter von Prag sei, horchte der Pfarrer auf - und sagte nach kurzem Zögern entschieden, indem er die Feder weglegte: "Das kann ich nicht ins Kopulationsbuch schreiben! Die Unehrlichkeit ist zwar bei uns aufgehoben, aber Abdecker hört sich nicht gut an. Abdekker sind auch heute noch schlecht angesehen." Und nach einer Weile des Nachdenkens sagte er: "Ich, - - ich - schreibe - Wasenmeister oder noch besser Feldmeister. Das bedeutet auch Abdecker. Damit wissen viele Leute aber nichts anzufangen und das ist gut so.- Ja, ich schreibe: des ehr- und achtbaren Feldmeisters Johann Korn ehelich gezeugter Sohn. So ist es korrekt vor unserem Herrn Jesus, der uns die Liebe predigt." - - -

Wenzel kam spät heim. Er hatte nach einem Treffen mit seinen Freunden von der Feuerwehr noch beim Gastwirt Riedel, dem Großvater von Josepha, zusammengesessen. Als er auf der Treppe zu seiner Kammer war - er hatte jetzt die Kammer des Altgesellen bezogen, da Caspar schon nach Sorau gegangen war - sah er im Kerzenschein plötzlich Josepha in ihrem Nachthemdchen auf sich zu kommen. Sie legte den Finger auf den Mund. Wenzel sollte ganz still sein und sie zog ihn in ihre Kammer.

"Ich habe Sehnsucht nach dir," flüsterte sie.

" Bleib bei mir. Wir sind doch verlobt."

Damit pustete sie die Kerze in Wenzels Hand aus. Es war stockdunkel. Nur das Fenster erschien im blassen Grau.

"Zieh' dich aus," flüsterte sie.

Und als er dann in der pechschwarzen Nacht nach ihr suchte und sie fand, hatte sie ihr Hemdchen schon abgestreift. Ihr junger Körper bebte, als sie sich küßten. Sie fielen auf's Bett und es war schöner als eine Hochzeitsnacht, so unbekümmert, so spontan und so frei. Eng umschlungen wachten sie am anderen Morgen auf und als Josepha in die Küche kam und die Mutter sie anschaute, sagte sie: "Josepha, was ist los. Du strahlst ja so!" - - -

Das war im Januar. Am 12. Februar fand die Hochzeit statt und im Gasthaus von Großvater Caspar Riedel wurde gefeiert. Einige Freunde des Brautpaares aus dem Hoforchester des Fürsten spielten zum Tanz auf. Im großen Saal von Opa Riedel war eine Bombenstimmung.

Carl und Maria Riedel, Opa Caspar Riedel und der andere Opa, der Glöckner Joseph Schubert, und deren Frauen saßen zusammen mit dem Pfarrer und schauten dem lustigen Treiben zu.

"Es war ein richtiger Schock für mich, als der Wenzel damals bekannte, dass er aus dem unehrlichen Stand kommmt," begann der Pfarrer.

"Wenn ich diesen Jungen hier sehe so munter
und adrett und wie ich höre auch so fleißig, dann
bin ich doch froh, dass Schlesien nun preußisch geworden ist, und dass es dadurch die unehrlichen
Berufe hier nicht mehr gibt. Der Preußenkönig
Friedrich war doch ein viel fortschrittlicher König
als die österreichische Kaiserin Maria Theresia.
Der Wenzel hätte in Prag so eine Hochzeit nicht
feiern können."

"Ja, Herr Pfarrer, der Wenzel hätte auch unsere
Josepha nicht bekommen können, wenn wir noch
österreichisch wären. Das wäre ausgeschlossen gewesen," erwiderte Meister Riedel.

"Und ich muß ihnen ehrlich sagen, Herr Pfarrer,
als Wenzel mir unter vier Augen seine Abkunft bekannte, war ich ganz spontan auch nicht bereit,
ihm unsere Josepha zu geben. Es hat aber nur einige Minuten des Nachdenkens gebraucht, da war
mir klar, dass wir Menschen doch alle die gleiche
Würde haben. Sie werden sicher verstehen, dass
wir Alten uns mit den neuen freiheitlichen Ansich-
ten der Preußen manchmal schwer tun - besonders, wenn es um so wichtige Dinge geht wie eine
Heirat."

"Mir ist die Sache damals auch nachgegangen,"
erwiderte der Pfarrer,

"und ich habe mich in unserer Augustinerbiblio-
thek umgesehen, wo auch die Bücher der Jesuiten
und des Astronomen Johannes Kepler stehen, der
zu Wallenstein's Zeiten hier in Sagan war. Ich wollte mehr über die Unehrlichen erfahren. In der juri-

stischen Abteilung fand ich, dass es offiziell die unehrlichen Berufe erst seit dem 15. Jahrhundert gibt. Damals kam der Beruf des Scharfrichters oder Henkers, wie man ihn auch nannte, erst auf. Für die Zeit davor, als es noch keinen Henker gab, habe ich Erstaunliches erfahren. Damals wurde ein zum Tode verurteilter von der Familie des Geschädigten gerichtet. Das heißt, der Ergriffene wurde - manchmal sogar ohne Urteil - dem Kläger ausgeliefert, der ihn dann selbst richten konnte oder durch seine Knechte töten lassen durfte. Gelegentlich mußten alle Verwandten mit Hand anlegen, indem sie gemeinsam an dem Strick zogen, um den Deliquenten zu hängen. Ist das nicht interessant?"

"Ja, da sieht man, wie die Zeiten sich ändern - zum Besseren in diesem Falle," sagte Meister Riedels Frau Maria.

"Wir haben den Wenzel ja nun schon lange bei uns und kennen ihn gut. Er wird auch ein würdiger Nachfolger für dich, Carl. Da paßt einfach alles zusammen. Traurig ist nur, dass die Eltern von Wenzel diesen wunderschönen Tag heute nicht miterleben können. Wenzel hat ihnen geschrieben und sie eingeladen. Aber Jan und Katharina können die lange und beschwerliche Reise wohl nicht mehr auf sich nehmen. Sie schrieben das. Aber sie schrieben auch, dass sie sehr glücklich sind über das Glück ihres Sohnes." - - -

"Und was ist eigentlich aus eurem Altgesellen geworden? Ich habe gehört, er sei nach Sorau gegangen?"

"Ja, das stimmt, Herr Pfarrer. Auch das ist eine traurige an der Sache. Er hatte sich zehn Jahre lang Hoffnung auf Josepha gemacht und dann kam der Wenzel. Ich kann's nicht ändern - und ehrlich gesagt, ich will es auch gar nicht." - -

Das Orchester am Hof zu Sagan war nach der Hochzeit der Prinzessin Dorothea zu einer ständigen Einrichtung geworden und Wenzel verbesserte sein Geigenspiel im Laufe der Jahre so sehr, dass er sich zum Sologeiger des Hoforchesters entwickelte. Als Herzog Charles de Talleyrand und Herzogin Dorothea das Fürstentum Sagan erbten und auf's Schloß Sagan zogen, war der neue Herzog von Wenzels Geigenspiel so begeistert, dass er meinte, Wenzel müsse eine bessere Geige bekommen. Dann würde sein Spiel noch schöner sein. So bestellte der Herzog im italienischen Cremona, wo die besten Geigen der Welt gebaut wurden, ein neues Instrument und schenkte es Wenzel, nachdem er eine Widmung auf die Geige geschrieben hatte. Wenzel nannte sich nun Schneidermeister und Hofmusikus.

Die Jahre gingen ins Land. Wenzel und Josepha hatten vier Kinder: Albert, Richard, Alexander und Caroline. Als sich Carl Riedel zur Ruhe setzte, übernahm Wenzel Korn die Hofschneiderei. Und irgendwann setzte sein Sohn Albert die Tradition als Schneidermeister fort.

So wurde Wenzel Korn, der Sohn des Abdecker Jan Zitny aus Prag, der Stammvater einer neuen

Sippe. Er wurde der Stammvater einer "ehrlichen" Familie. So wie seine Mutter Katharina es sich beim Abschied ihres Sohnes damals erhofft hatte, als er in die Fremde, als er in die Freiheit zog und sich von seiner Familie lossagte.

\* \* \*

Am Roßtor wartete schon sehr früh am Morgen
ein älterer Mann. Er war in einen schweren grauen
Umhang gehüllt, um sich gegen die morgendliche
Frische zu schützen. Seinen schwarzen Hut hatte er
tief ins Gesicht gezogen. Aus seinem Äußeren - seiner Kleidung und seinem gut gezwirbelten Bart -
konnte man nicht leicht schließen, wer er war -
vielleicht ein reicher Prager Bürger oder aber der
Diener irgendeiner vornehmen Herrschaft? - -
Um diese Zeit in der Morgendämmerung war
hier am Roßtor außer der Torwache sonst weit und
breit kein Mensch zu sehen. Und die Torwache saß
auch nur verschlafen in ihrer Wachstube; denn es
war Frieden und Gefahr konnte nur von Landstrei-
chern oder irgendwelchem Gesindel ausgehen.
Aber das hätten die Torwächter bei der allgemei-
nen Ruhe, die über der Gegend lag, schnell bemerkt. Der einsame vornehme Bürger störte sie
nicht.

Als die Sonne aufgegangen war, hörte man Pfer-
degetrappel, das von der Moldau her kam. Jan
Zitny und einer der Knechte vom Scharfrichterhof
kamen mit dem Schinderkarren daher. Sie hatten

zwei krepierte Schafe aufgeladen, die sie auf dem Wasen fetzen (abdecken) wollten. Als der Karren am Tor vorbei kam, trat der einsame Mann auf das Gefährt zu und rief:

"Halt ein Kutscher, ich muß dich sprechen. Du bist doch der Wasenmeister?"

"Brrr" - Jan Zitny brachte sein Pferd zum Stehen und schaute den Fremden verwundert an. Was wollte dieser vornehme Herr von ihm, dem Unehrlichen? Und Jan bemerkte:

"Treten sie mir nicht zu nahe, mein Herr! Sie wissen doch....."

Da fiel ihm der Fremde ins Wort:

"Ja, ich weiß, dass nun auch in Prag der Stand der Unehrlichen offiziell abgeschafft worden ist. Und deshalb fällt es mir leichter, als das früher der Fall gewesen wäre, dich zu meinem Herrn zu bitten. Mein Herr, ein bekannter Baron, dessen Namen ich nicht nennen möchte, schickt mich. Er ist schwer vom Pferd gefallen, und seitdem ist sein Arm gelähmt und er hat große Schmerzen. Die Stadtchirurgen und Bader konnten ihm nicht helfen. Der Stadtphysikus schon gar nicht, denn der versteht sich nur auf inneren Krankheiten. Nun setzt mein Herr alle Hoffnung auf dich, Wasenmeister. Denn wir haben gehört, du wärest der Beste, wenn es die Knochen betrifft!"

Der Fremde machte eine Pause und schaute den Wasenmeister fragend an.

"Das mag wohl so sein;" sagte dieser gedehnt, "denn ich kenne mich mit den Knochen und Bändern jeder Kreatur aus, weil ich sie ja als einziger aufschneiden darf. Sehen sie, mein Herr, hier hab' ich zwei Schafe, die dem Schäfer Pavel krepiert sind. An solchen Tieren lerne ich, wenn ich sie fetze. Aber ich behandle Menschen nicht gern - schon gar nicht, wenn sie so hochgestellt sind, wie es offensichtlich ihr Herr ist. Bedenken sie ihr hoher Herr und ich der Wasenmeister. Wenn das öffentlich wird! Sie haben zwar recht, dass es den Stand der Unehrlichen nicht mehr gibt, aber die Menschen in Prag haben das noch nicht richtig begriffen. Im täglichen Leben hat sich da noch nicht sehr viel geändert. Fast jeder meidet mich so wie früher. Und noch eins: In Preußen ist es den Scharfrichtern und Wasenmeistern durch ein neues Edikt verboten Menschen zu heilen."

"Ja, ja mein Herr weiß das, aber was sollen wir tun. Wir sind hier nicht in Preußen. Du bist ein erfahrener Wasenmeister und meines Herren letzte Rettung. Und natürlich, es soll dein Schaden nicht sein. Zehn Taler - wenn du ihm hilfst, hat er verpsrochen."

"Nun gut. Wenn dein Herr sich wirklich in meine Hand geben will, dann soll er morgen um diese Zeit auf dem Weg unterhalb des Zischkaberges in seiner Kutsche warten. Ich komme dann dort hin. Wird sich das für deinen Herren einrichten lassen? Wir wollen die ganze Sache sehr geheim durchführen. Wenn ich offiziell auch kein Unehrlicher mehr bin! Unterhalb des Zischkaberges ist der beste Ort. Da kommt so früh am Morgen kein Mensch vorbei."

"Also abgemacht," sagte der Diener, "wir sind morgen um diese Zeit am Zischkaberg. Mein Herr wird froh sein, seine Schmerzen los zu werden."

Als Jan Zitny am nächsten Morgen über die Moldau kam, sah er schon von weitem die wartende Kutsche.

"Guten Morgen," grüßte der Wasenmeister.

"Ja, einen guten Morgen," Wasenmeister.

Der Hohe Herr war in einen schwarzen Umhang gehüllt. Als Jan Zitny an die Kutsche trat, half er und der Diener - es war der Fremde vom Tag zuvor - dem Baron aus der Kleidung. Jan sah sofort, der Arm des Patienten hatte eine unnatürliche Stellung.

"Das muß ihnen große Schmezen bereiten," sagte er.

"Die Schulter ist aus dem Gelenk gesprungen. Wenn nichts gebrochen ist, werde ich ihnen helfen können. Ich muß die Schulter einrenken. Aber das wird sehr weh tun. Soll ich es machen?"

"Ja, schlimmer als die Schmerzen, die ich seit Tagen habe, kann es nicht werden. Ich habe heute Morgen eine gute Portion Opium genommen. Da werde ich es aushalten können."

Sie hoben den Patienten aus dem Wagen und setzten ihn auf einen Stein. Während der Diener seinen Herren stützte, zog der Wasenmeister am Arm des Barons, prüfte, ob er gebrochen sei, und mit einer kurzen Drehung sprang das Gelenk in seine natürliche Lage zurück. - Ein langes Stöhnen. - ---Dann sagte der Baron:

"Danke, danke ich spüre, du hast mir geholfen, ja tatsächlich du hast mir geholfen - großartig! Ach, was ist es für ein Glück, dass es so erfahrene Leute wie dich gibt, und dass sie nun nicht mehr verachtet werden. Heinrich, gib dem Wasenmeister seinen Lohn. Und nochmals danke, Wasenmeister."

Die beiden Männer halfen dem Baron in die Kutsche, die Tür wurde geschlossen und bald darauf verschwand der Wagen im Roßtor. - - -

Weitere Bücher des Autors:

**"Begegnung mit dem Stein der Weisen"** eine Bilderreise durch die Alchemie.
Book on Demand Verlag GmbH, Norderstedt.
ISBN 978-3-8334-7790-4

**"Sagen Märchen und Historisches im Spiegel des Kriegs-Notgeldes 1917 bis 1923".**
Book on Demand Verlag GmbH, Norderstedt.
ISBN 3-8334-2977-1